知念実希人

仮面病棟

実業之日本社

実業之日本社文庫

目次

田所病院 各階フロア図

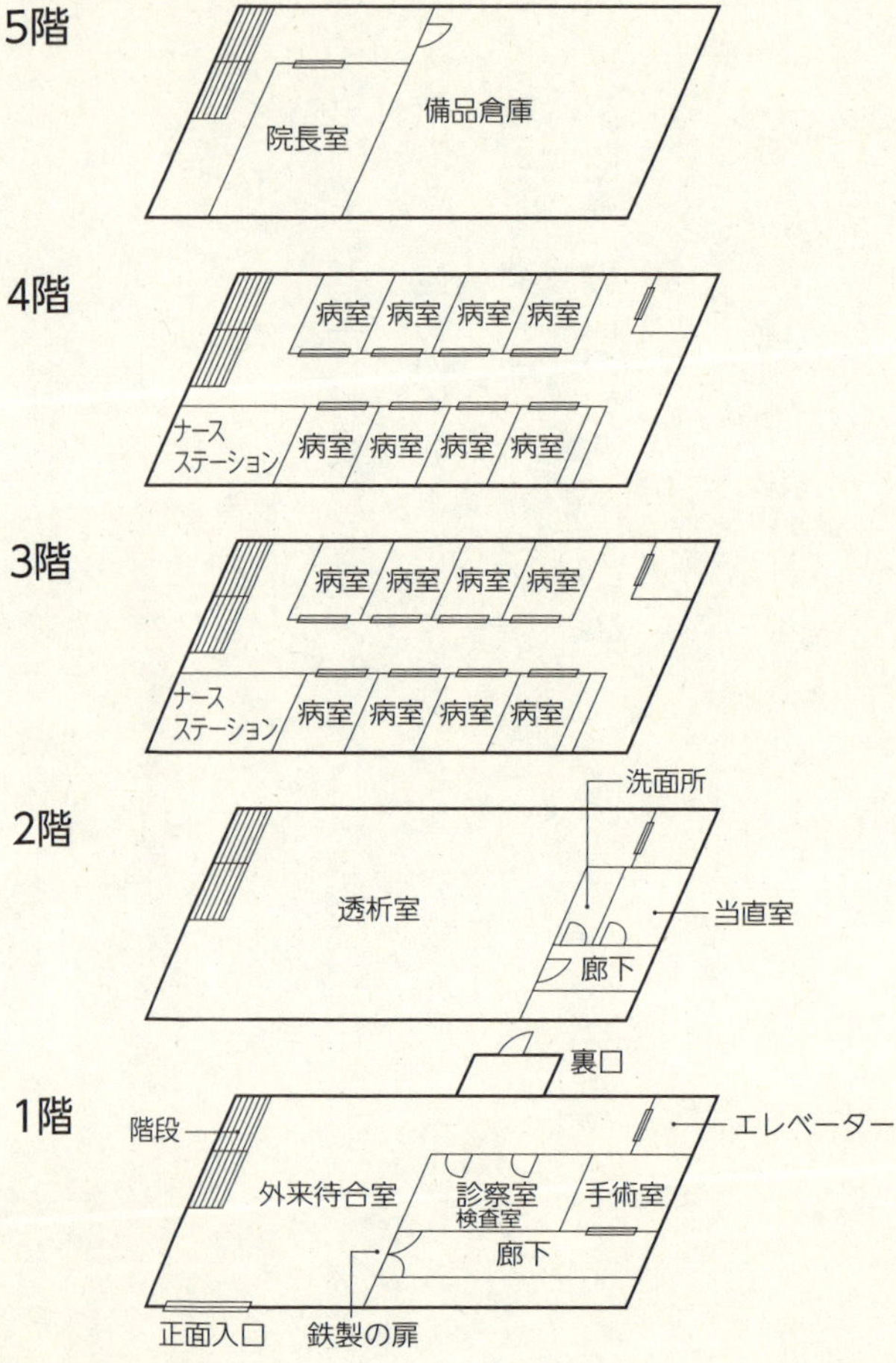
5階
院長室
備品倉庫
4階
病室
病室
病室
病室
ナース
ステーション
病室
病室
病室
病室
3階
病室
病室
病室
病室
ナース
ステーション
病室
病室
病室
病室
2階
洗面所
透析室
当直室
廊下
裏口
1階
階段
エレベーター
外来待合室
診察室
検査室
手術室
廊下
正面入口
鉄製の扉

仮面病棟

プロローグ

秒針が時を刻む音が、六畳ほどの空間にやけに大きく響く。鉛のような重い空気がじりじりと精神を蝕《むしば》んでいく。

速水秀悟《はやみずしゅうご》は肺の奥にたまった空気を吐き出しながら、対面に座る刑事に視線を向けた。

「もう知っていることは全部話しましたよ。なにが不満なんですか?」

すでに十時間以上も陰鬱《いんうつ》な空気が充満した部屋に閉じ込められている。この狭い空間で、暑苦しい刑事たちと過ごすのもそろそろ限界だった。

机に片肘をついた金本《かなもと》という名の中年刑事は、疑わしげに目を細めながら秀悟を睨《ね》め上げてくる。

「不満っていうわけじゃないんですよ、速水先生。ただね……」

金本は頭髪の薄い頭をがりがりと掻《か》く。ふけが机の上に舞った。

「先生の話と現場の状況で、合致しない点があるでしょう。それがどういうことなのかなと思いまして」

「俺だってなにが起こっているのか分からないんですよ！」

秀悟は拳を机に打ち付ける。鈍い音が狭い部屋に響いた。

「先生、落ち着いていきましょう。先生はあの事件で頭を強く打っているでしょう。それで記憶が曖昧《あいまい》になっているんじゃないですか？」

刑事になだめられ、秀悟は黙り込む。自分の記憶に間違いはない。そう確信していた。しかし、刑事に繰り返し質問をされるうちに、その自信はゆっくりと、しかし確実にすり減ってきていた。

悪夢のようなあの夜の出来事、あれはどこまで現実だったのだろうか？

疼《うず》くような頭痛が走り、秀悟は頭を抱えてうめき声をあげた。

「大丈夫ですか？」

たいして心配そうでもない口調で金本が言う。

あんたたちが追い詰めているせいだろ。秀悟は恨《うら》めしげな視線を金本に向けた。

「とりあえずもう一度だけ、事件の夜のことを詳しく話してもらえませんか。そうすればまた気づくこともあるかもしれませんし」

金本は無精ひげの目立つ顎《あご》を撫《な》でる。秀悟は唇を噛むと、かすかに顎を引いてうなずいた。

たった三日、あの夜からそれだけしか経っていないというのに、遙か昔の出来事のように感じる。

「……あの夜、俺は当直をするために、車で田所《たどころ》病院へ向かいました」

ゆっくりと喋《しゃべ》りはじめながら、秀悟は瞼《まぶた》を落とす。記憶の海に意識がゆっくりと溶けていく。

脳裏でピエロが醜悪な笑みを浮かべた。

第一章　ピエロの夜

1

キーを回して車のエンジンを切ると、速水秀悟は煙草《タバコ》をくわえ、二十歳のときから愛用しているジッポーで火をつけた。紫煙を肺いっぱいに吸い込むと、口をすぼめて煙を吐き出していく。

禁煙しなくてはと思っているのだが、外科医としての多忙な生活の中、どうしてもニコチンでストレスを希釈するという悪癖を直せずにいた。

腕時計に視線を落とす。午後七時四十分。これから朝までの十時間以上、当直医として病院内にこもることになる。当然院内で煙草をふかすわけにはいかないので、いまのうちにニコチンを補給しておく必要があった。

数分掛けて煙草を吸いきった秀悟は、車外に出るとぶるりと身を震わせた。十一月の夜風が病院裏の駐車場を吹き抜け、体温を容赦なく奪っていく。慌ててコートの襟を合わせた秀悟は顔を上げ、目の前にある五階建ての年季の入った建物を眺める。田所《たどころ》病院、今晩当直をする病院だった。

相変わらず薄気味悪い病院だな。白い息を吐きながら足を進めていく。

同じ病院に勤める先輩医師の紹介で、週に一回、狛江《こまえ》市の郊外にあるこの療養型病院の当直バイトを引き受けている。ほとんど当直室で待機しているだけの、いわゆる「寝当直《ねとうちょく》」にもかかわらず、それなりにバイト代がいいので、去年から定期的に勤務していた。しかし、本来今日は秀悟の勤務日ではなかった。

「悪い。担当患者が急変して手が離せないんだ。今日の田所病院の当直代わってくれないか？」

一時間ほど前、このバイトを紹介してくれた泌尿器科《ひにょうきか》の先輩医師から、院内PHSにそう連絡が入った。明日の朝一で、外科部長の執刀する膵頭《すいとう》十二指腸切除術の第一助手を務めなくてはならないので、本当なら自宅でゆっくり休みたかったのだが、同じ医大出身で、学生時代からなにかと世話になっている先輩医師の頼みをむげに断ることもできず、こうして愛車を走らせてやって来たのだった。

秀悟は病院の裏口へと回っていきながら、視線を上げる。二階より上階の窓に、錆《さび》の目立つ鉄格子がはまっていた。この病院がかつて精神科病院だったときの名残だという噂だが、この光景を見るたびに刑務所を連想してしまう。

裏口までやってきた秀悟は、扉の横にある電子ロックに暗証番号を打ち込もうとする。その瞬間、扉が開いて体格のいい若い男が出てきた。何度か見かけたことがある男だった。病院の職員が帰るところだろう。

「あれ、えっと……速水先生？　今日は先生が当直でしたっけ？」

男は秀悟を見て目を丸くする。

「小堺《こざかい》先生が急用で来られなくなったんで、ピンチヒッターなんだ」

秀悟は肩をすくめた。

「はあ、そうなんですか……お疲れ様です。当直頑張ってください」

「ありがとう」

男が開けた扉に滑り込んだ秀悟は、タイムカードを切ると院内へと入っていく。外来や手術室などがある一階は明かりが落とされ、非常灯が放つ青い光に薄く照らされていた。秀悟はがらんとした外来待合室を見回すと、すぐ脇にある階段に向かう。

階段の入り口には、重々しい鉄格子の扉が備え付けられていた。この扉が閉まっていたところは見たことはないが、ここが精神科病院だった頃は、この扉で患者が院外に出ないようにしていたのだろう。

秀悟は階段を上がっていく。当直室は二階にあるのだが、まずは三階に行って夜勤の看護師に到着したことを伝えなくてはならない。

三階に近づくと、薄暗かった階段に蛍光灯の白い明かりが差してくる。階段のすぐそばにあるナースステーションの明かりだった。

「すみません」

ナースステーションを覗き込む。しかし、看護師の姿はなかった。病室でも回っているのだろうか？　秀悟はこめかみを搔《か》くと一階と同様に薄暗い廊下を、奥へと進んでいく。

消毒液の匂いに混ざって、かすかに糞尿《ふんにょう》の悪臭が漂ってきた。秀悟は眉間にしわを寄せ、鼻に手をやりながら病室を覗き込んでいく。一つの病室にはベッドが四つ並べられていた。半分ほどのベッドの前にはカーテンが引かれておらず、横たわる患者が露《あら》わになっている。

暗闇の中に浮かび上がるやせ細った患者たちを見て、眉間のしわが深くなる。

大学病院などの急性期病院とは違い、この田所病院のような療養型病院に入院しているのは、ある程度病状が落ち着きつつも、絶えず医療を必要としている患者たちだ。そのため自然と、脳卒中や老衰などにより寝たきり、もしくはそれに準じる状態になった患者の割合が多くなる。とくにこの病院には意識状態の悪い患者が多く入院していた。

そして、この病院のもう一つの特徴が、入院している患者の大部分に身寄りがないことだった。基本的に療養型病院は身寄りのない患者を敬遠する傾向にあるが、この田所病院はそのような患者を積極的に受けいれている。

好意的に見れば、なかなか入院先が見つからない患者に救いの手をさしのべているとも言えなくもないが、秀悟にはその裏にある目的が透けて見えていた。

身寄りのない患者なら、なにがあっても家族などが文句をつけることもない。さらに、医療費の大部分が公費によって負担されるので、少しぐらいの過剰診療をしても取りっぱぐれる心配がないのだ。軽く頭を振った秀悟は、患者たちから視線を外すと廊下を進んでいく。

八つある病室すべてを覗いたが、看護師の姿は見えなかった。廊下の突き当たりにあるエレベーターの前まで来た秀悟は首を捻《ひね》る。

……とりあえず四階に行くか。この病院は三階と四階が同じ構造の入院病棟になっていて、どちらにもナースステーションがあり、夜間は各階に一人ずつ看護師が勤務している。

エレベーターのボタンを押そうとしたとき、視界の隅で階段からナースステーションに人影が入っていくのが見えた。秀悟は少し早足で廊下を進み、再びステーション内を覗き込む。中年の看護師がラックからカルテを取り出していた。

「こんばんは」

秀悟が声をかけると、看護師は肉付きのいい体ごと振り返る。何度か顔を合わせたことのある看護師だった。はち切れそうな白衣の胸元に付いているネームプレートには「東野良子《ひがしのりょうこ》」と記されていた。

「あら、速水先生じゃないですか、どうしたんですか？　今日は木曜日ですよ」

東野は腫《は》れぼったい目を丸くする。

「小堺先生がどうしても都合がつかなくて、代わりに来ました。よろしくお願いします」

「ああ、そうなんですか。こちらこそよろしくお願いします」

「状態が悪くて、診察が必要そうな患者さんとかいますか？」

「いえいえ、この階も四階もみんな安定していますよ。ゆっくりなさっていてください」

「そうですか。それじゃあ当直室にいますから、なにかあったらコールしてください」

そう言い残して階段を二階へと下りた秀悟は、広々とした部屋を横切っていく。部屋の左右に置かれたベッドと透析器《とうせき》が、非常灯の薄い光で浮かび上がっていた。話によると、この病院では朝から夕方まで外来で血液透析を行っているらしい。

秀悟はぶるりと体を震わせる。空調の効いていた三階とは違い、この二階はやや冷え込む。広い空間のうえ、大きな窓がいくつもあるので、外の気温に近くなってしまうのだろう。よく見ると部屋のあちこちに古ぼけた石油ストーブが置かれていた。昼間、空調だけでは広いこの部屋を暖められないのかもしれない。

透析室を横切り、奥にある扉を開けると、その先に短い廊下が延び、職員用の洗面所と当直室の扉があった。

当直室に入った秀悟が蛍光灯のスイッチを入れると、部屋が漂白された光に満たされた。

簡易ベッド、ロッカー、小さなデスク、そしてテレビの置かれた六畳ほどの簡素なスペース。秀悟はコートを脱いで椅子の背もたれに掛けると、靴も脱がずにベッドに横になる。

普段は小説や医学雑誌を持ってきて時間を潰すのだが、今日は急に当直が決まったので用意がなかった。しかたなくテレビの電源を入れる。年代物のブラウン管テレビは、数秒掛けてゆっくりと画面に映像を映し出した。

ベッドに横になったまま、秀悟はニュース番組を眺め続ける。地方の都市で起こった殺人事件、遠い海外で起こっている大規模なデモ、株価の予想、天気予報、プロ野球の結果。様々な情報を右から左へと聞き流していると、唐突に破裂音が響いた。

うとうとしかけていた秀悟は勢いよく上体を起こす。車のタイヤでもパンクしたのだろうか。かなり近くから聞こえてきたように感じた。

数秒耳を澄ましたが、再び破裂音が響くことはなかった。掛け時計に視線を向ける。いつの間にか午後九時を回っていた。

……そろそろ着替えるか。秀悟は立ち上がり、ロッカーから当直時に寝間着代わりに使っている手術着を取り出す。

ポロシャツとジーンズを脱ぎ手術着に着替えた秀悟は、ベッドに横たわると目を閉じた。日々の過酷な勤務で疲れ果てている脳は、眠るには早い時間だというのに睡眠を欲しはじめていた。

まどろみの中を漂いはじめた意識は、唐突に鳴り響いたけたたましい電子音によって強引にすくい上げられる。目を開けた秀悟は顔をしかめながら、枕元でヒステリックな音を鳴らす内線電話をにらむ。

患者は安定しているって言ってたじゃないか。内心で悪態をつきながら受話器に手を伸ばした。

「はい、速水です」

「……東野です。……すみません、ちょっと来ていただきたいんですけど」

低くこもったその口調に、秀悟は深刻な気配を感じる。急変患者がでたのだろうか?

「すぐに行きます。三階ですか？　それとも四階ですか？」

「……一階です」東野は声をひそめるように言う。

「一階？」

「そうです。一階です。早く来てください。早く」

東野は焦燥にかられた口調で言う。秀悟は「分かりました。すぐに行きます」と言って受話器を置いた。

　患者が階段を転げ落ちでもしたのだろうか。なんにしろ急いだ方がよさそうだ。秀悟はロッカーから白衣を取り出し、それを羽織りながら当直室から出ると、暗い透析室を早足で横切り、階段を降りていく。階段を踊り場で折り返すと、一階に二人の看護師が立っているのが見えた。一人は東野、もう一人は細身の三十歳前後の看護師だった。そちらの看護師とも、これまで何度か当直で顔を合わせたことがあった。たしか「佐々木《ささき》」という名前だったはずだ。

「どうしました？」

　階段を駆け下りながら秀悟は言う。見たところ倒れている患者などはいないようだ。

　東野がゆっくりと人差し指を立てた手を上げていった。秀悟は指さされた方向を見る。

「はぁ？」喉の奥から、間の抜けた声が漏れた。

　十脚ほどのソファーの置かれた外来待合室の隅、闇のわだかまった一角に男が立っていた。秀悟の視線は男の頭部に引き寄せられる。その部分はラバー製のグロテスクなピエロのマスクで覆いつくされていた。

真っ赤に塗られ、両端のつり上がった巨大な唇。パンダのように黒く縁取られた目。赤いゴルフボールのような鼻。そのすべてが本能的な恐怖をかき立てた。状況が把握できず、秀悟は立ちつくす。

「……あんたが医者か？」

仮面の大きく縁取られた唇の中心部がかすかに動き、低くこもった声が響く。そこと目の部分だけ穴が開けられているようだ。

「あ、ああ……」混乱したまま秀悟はうなずいた。

「なら、こいつの治療をしろ」

ピエロは自分の足下を指さす。マスクに注いでいた視線を落としていった秀悟は息を呑んだ。ピエロのすぐそばに若い女が倒れていた。海老のように丸めた体を震わせた女。その顔が苦痛で歪んでいるのが遠目にも見て取れる。

医師としての本能が体を動かした。秀悟はソファーの間を縫って女に駆け寄る。

「大丈夫ですか⁉」

ひざまずいた秀悟が声をかける。女は腹を押さえたまま力なく顔を上げた。若い女だった。おそらくは二十歳前後だろう。アイシャドーの引かれた切れ長な目、細く高い鼻筋、濃いめに紅がさされた唇、やや化粧が濃いがかなり整った顔をしている。しかし、普段は魅力的であろうその顔は痛々しいほどにこわばり、引きつっていた。

「おなかが……」

女は震える唇を小さく開くと、かすれた声で言う。

「腹が痛いんだね」

秀悟は診察しようと、セーターにつつまれた女の腹部に手を伸ばす。その瞬間、掌にぬるりとした生温かいものを感じた。秀悟は自らの手に視線を落とす。そこにはべっとりと赤い液体がこびりついていた。

血？　出血している。しかもかなりの量。

「なんでこんなに出血を……」

つぶやいた秀悟の額に硬いものが触れた。

「俺がこれで撃ったからだよ」

無骨な回転式拳銃の銃口を押しつけながら、ピエロは楽しげに言う。

非常灯の青みがかった淡い光が、醜悪な笑みを照らし出していた。

2

「なあ、その女を治してくれよ、先生。ここは病院なんだろ」

秀悟に銃口を向けたままピエロは言った。

「……あんたが撃ったのか？」

秀悟は息を細く吐き、パニックを起こしかけている精神を必死に落ち着かせようとする。

「そうだって言ってるだろ」

ピエロは鼻を鳴らすと、無造作に女の体を軽く蹴った。女は苦痛の声を上げる。

「やめろ！」

かばうように女の前に出た秀悟に向かい、ピエロはからかうようにゆらゆらと拳銃を揺らす。

「おお、かっこいいじゃねえか。正義の味方気取りかよ。いいからさっさとそいつを治療しろよ」

秀悟はピエロの行動を警戒しながら女の手首に触れる。しっかりと脈が触《ふ》れた。

かなり出血しているように見えるが、少なくともまだ出血性ショックは起こしていない。けれど、すぐにオペが必要だ。

「この人を手術室に運びます。ストレッチャーを持ってきてください！」

秀悟は振り返り、身を寄せ合うように立っている東野と佐々木に言う。しかし、二人が動くことはなかった。

「早く！」

焦《じ》れた秀悟が腹の奥から怒声を上げると、東野が体をびくりと震わし、おずおずと待合室の奥へと移動しだした。

「おい、ちょっと待て」

ピエロがぼそりとつぶやいた。東野は足を踏み出した体勢のまま、金縛りにあったように動きを止める。

「逃げ出すつもりじゃないだろうな」

脅しつけるようなピエロの言葉に、東野が顔を勢いよく左右に振る。首回りの肉が大きく震えた。

「この人を運ぶのに必要なストレッチャーを取りに行ってもらうだけだ！」

「だめだ」秀悟の反論をピエロは一言で切り捨てる。「お前が運べ」

秀悟は顔を引きつらせながら女を見下ろす。かなり細身の女だ。できないことはないかもしれないが、出血が増える可能性も……。

「助けて……」女の口からかすかに声が漏れる。

……しかたがない。覚悟を決めた秀悟は、女の背中と膝裏に腕を添えた。

「すみません。少し痛むかもしれませんよ」

秀悟はそう言うと同時に全身に力を込め、一気に女を抱え上げる。女の口から苦痛のうめき声が漏れた。

「手術室に運びます。場所を教えてください」

秀悟は振り返って看護師たちに言う。たしか、一階に小さな手術室があると聞いたことがあった。

二人の看護師はためらいがちに外来待合室を奥へと進んでいく。突き当たりにある鉄製の扉の前に立つと、東野は白衣のポケットから鍵の束を取り出し、その一つを扉の鍵穴にさした。きしみを上げながら扉が開いていく。おそるおそる東野が壁のスイッチを入れると蛍光灯が点《つ》き、十メートルほどの長さの廊下を映し出した。

秀悟は振り返って背後に立つピエロを見る。蛍光灯の光によって、はっきりとその姿が浮かび上がっていた。かなり長身の男だ。身長百七十五センチの秀悟と比べても明らかに高く、シャツ越しでもかなり筋肉がついているのが見てとれる。

「おいおい、先生よぉ。なに見ているんだよ」ピエロの巨大な唇の中心にある本物の口が動く。「さっさとその女を運んで治療しろよ。いいか。もしその女が死んだら、お前ら全員ぶっ殺してやるからな」

ピエロは銃口を秀悟と二人の看護師に順番に向けていく。佐々木の青ざめた唇から「ひっ」という、しゃっくりのような悲鳴が上がった。

「……分かった」

秀悟は女を抱えたまま廊下を進んでいく。ピエロの正体、そして目的を知りたいが、まずはこの女性を助けるのが先決だった。

廊下の突き当たりの左側に小さな窓のある鉄製の自動扉が見えた。あそこが手術室だろう。腕の内側が女の腹から流れ出た血で濡れるのを感じながら、秀悟は足を動かす。

タイルが敷き詰められた廊下の片側には、心電図計や段ボールの山、古びたホワイトボードなどが置かれていて、まるで物置のようだった。本来清潔を保たなくてはならないエリアがこんな状態では、手術室もきっと貧相なものだろう。しかし、贅沢は言っていられない。

手指殺菌用の洗面台を横目に通過して扉の前まで来た秀悟は、フットスイッチに足を差し入れた。鉄製の自動扉がゆっくりと開いていく。それと同時に、手術室内の明かりが灯《とも》った。

「えっ？」秀悟はその場に立ち尽くす。

ほとんど使われていない、古びた手術室を予想していた。しかし、扉をくぐった先には予想とはまったく異なった空間が広がっていた。

リノリウム製の床と壁は磨き込まれ光沢を放ち、壁の棚には十分な点滴液と薬剤が備わっている。なぜか手術用のベッドが二つ並んでいて、両方の頭側には新型の麻酔器が置かれている。そこはまるで、大学病院の最新鋭の手術室のようだった。

古びた療養型病院に、なんでこんなに設備の整った手術室が……。呆然としていた秀悟は、腕の中の女があげた「ううっ」といううめき声で我に返る。

驚いている場合じゃない。早く治療をしないと。秀悟はベッドに近づき、女の華奢《きゃしゃ》な体をその上に横たえた。

「はさみを！」秀悟は看護師たちに向かって言う。

東野が部屋の奥の棚から、外科用のはさみであるクーパーを取り出して、秀悟の元へと運んできた。

「すぐに点滴ラインをとって、生理食塩水を全開で流してください」

クーパーを受け取りながら、秀悟は東野に指示を出す。

東野は険しい表情でうなずくと、部屋の入り口で固まっている佐々木に向かって「あなたも動きなさい！」と声を上げる。佐々木は細かく震えながら、緩慢な動きでベッドに近づいてきた。

「服を切るよ」

秀悟は女の返事を待たずに、血で汚れたセーターの胸元にクーパーの刃を当て、下に着ているシャツごと一気に切り裂いていく。白い肌と薄い桃色のブラジャーが蛍光灯の下に露わになる。女は反射的に両手で胸元を隠そうとするが、東野に「点滴とるから手を動かさないで！」と一喝され、表情をこわばらせた。

秀悟は天井からつり下がっている無影灯のスイッチを灯すと、女の着ているロングスカートを数センチずり下ろした。まばゆい光の中に、傷口が浮かび上がった。

左の上腹部が長さ十五センチ程にわたってななめに抉《えぐ》られ、そこからかなりの量の血が滲《にじ》んでいる。おそらくは銃撃された傷なのだろう。

傷口の痛々しさに眉根を寄せると同時に、秀悟は安堵する。どうやら銃弾は皮膚、そしてその下の脂肪と筋肉を抉りとりはしたが、腹腔内には達していないらしい。

これなら開腹手術をしなくても、局所麻酔で傷の処置をするだけで済ませられる。

「治りそうか？」

背後から声をかけられ、秀悟は振り返る。ピエロが入り口近くの壁に背中をもたせかけていた。

「……ああ、たぶん大丈夫だ」

秀悟はうなずくと、すぐ脇でまごまごとしている佐々木に「滅菌ガーゼを持ってきてください」と指示を飛ばす。

「たぶんじゃねえよ。絶対に治すんだ。そうじゃなきゃお前ら全員、この場でぶっ殺されるんだぞ。必死でやんな」

銃を振るピエロを横目に、秀悟は佐々木が持ってきたガーゼを受け取り、傷口に当てて、その上から圧迫した。女の口から小さく悲鳴が上がる。

「少し痛いだろうけど我慢して。絶対に助けるから」

秀悟が言うと、女は端正な顔を歪めたまますかにうなずいた。

「名前は言える？」

少しでも痛みから意識をそらそうと、秀悟はしゃべり続ける。

「……まなみ。川崎愛美《かわさきまなみ》です。愛するの愛に、美しいで『愛美』」

女は小さな声で言う。

「愛美さんだね。あのピエロの男は誰だか分かる？　知り合いだったりは？」

愛美は力なく首を左右に振った。

「知りません。コンビニに行こうとしていたら急に襲われて……。逃げようとしたら……」

そのときのことを思い出したのか、愛美は体を震わせる。

「……先生、点滴ラインとれました」

東野が声をひそめながら報告をする。

「側管から抗生物質の点滴もしてください。あと、縫合セットと局所麻酔を用意して」

秀悟の指示に、東野はうなずく。さすがにベテランだけあって、落ち着きを取り戻しているようだ。対照的に、佐々木は麻酔器の陰に身を隠すようにしながら、細かく震え続けていた。

「すぐに用意できます。けれど、……そのあとはどうしましょう？」

東野はさらに声を小さくする。

「……少なくともいまはあの男の指示に従いましょう」

秀悟はピエロを気にしながら言う。

「おいおい、なにひそひそ話しているんだよ」

苛立たしげに言いながら、ピエロはゆっくりと近づいてくる。

「治療に必要な器具を指示していたんだ」

「はっ、そんなこと言って、警察に通報する方法でも考えていたんじゃねえか」

「そんなことしない。信じてくれ」

秀悟はピエロを刺激しないように、ゆっくり言う。

「どうだかな。もし警察に通報なんてしてみろ。お前ら生きてこの病院から出られると思うなよ」

「……わかった。けれど、少し状況を教えてくれないか。混乱して治療に手がつかないんだ」

「状況？　状況を教えて欲しいのか？　いいぜ、教えてやるよ」

楽しげにそう言うと、男はジャケットのポケットからスマートフォンを取り出し、操作しはじめる。

いったいなにを？　秀悟が眉根を寄せると、男は得意げにスマートフォンを掲げた。

液晶画面に動画が映し出される。ワンセグモードにしたらしい。映っているのはどうやらニュース番組のようだった。マイク片手に女性アナウンサーが興奮気味にまくし立てている。

『……くり返します。先ほど午後八時三十分ごろ、調布《ちょうふ》市のコンビニエンスストアに男が押し入り、拳銃のようなものを発砲して金を奪っていくという事件がありました。男は仮面を被《かぶ》っており、逃走の際に女性を連れ去ったという情報も入っています。警察は多くの捜査員を動員して男の行方を追っていますが、いまだ発見できていません。静かな住宅街で起こった発砲事件に、周囲の住民は不安な夜を……』

ピエロは画面を消す。それと同時にアナウンサーの声も消えた。手術室に耳がおかしくなったのではないかと思うほどの沈黙が降りた。

ピエロはおどけるように肩をすくめる。

「ちょっとドジを踏んじまってな。とりあえずここでかくまってもらうぜ」

ナイロン糸を引くと、白い皮膚に開いた傷が合わさっていく。糸を外科結びにした秀悟は、大きく息を吐きながら余った糸をクーパーで切った。

この手術室に入ってからすでに一時間近く経っていた。その間に、秀悟は愛美の傷口に局所麻酔を施し、銃撃によって壊死《えし》した組織を除去した後、縫合を行っていた。

皮膚を合わせるだけなら数分もあれば縫えるのだが、秀悟は皮下の組織を細い糸でより合わせる皮下縫合も施し、できる限り傷口をきれいに仕上げていた。傷を負ったのが若い女性だからということもあるが、それ以上にこれからどうするべきか考える時間が欲しかった。

持針器《じしんき》で把持《はじ》した針にナイロン糸を通しながら、秀悟は横目でピエロの様子をうかがう。手術室の入り口近くの壁に背中をもたせかけながら、ピエロはこちらの様子を眺め続けている。歪んだ笑みを浮かべる仮面のせいで、表情が見えないのが不気味だった。

「おいおい、俺なんか見ている余裕あるのかよ。その女、ちゃんと助かるんだろうな」

「ああ、大丈夫だ。あと五分もすれば処置が終わる」

秀悟が言うと、ピエロは安堵の息を吐いた。

「そんなに心配するぐらいなら、なんでこの人を撃ったんだ？」

「撃つつもりなんかなかったんだよ。コンビニを出たら、店員がすぐに通報しやがったらしくて、パトカーの音が聞こえてきやがった。だから、念のため近くを歩いていたその女を人質にしようとしたんだ。けれど、そいつが急に悲鳴を上げて暴れやがった。だから思わず撃っちまったんだよ」

ピエロの説明を聞いて秀悟は顔をしかめる。あまりにも行き当たりばったりの行動だ。

「その女、腹から血を流して倒れやがったから、慌てて車に押し込んで病院を探したんだ。その女が死んだら、俺は殺人犯になんだろ。そうしたら、サツに逮捕された場合、死刑になっちまうと思ってよ。まったく、せっかく金が手に入ったってのに踏んだり蹴ったりだぜ」

ピエロの口元から苛立たしげな舌打ちが響く。そんなピエロを見ながら、秀悟は口元に力を込める。この男、ほとんど後先を考えずに行動している。この男が今後、どのような行動をとるか、まったく予想がつかなかった。

「おいおい、なんでお前なんかとおしゃべりしないといけないんだよ。いいからさっさとその女を治せよ」

ピエロは我に返ったように言った。秀悟はうなずくと、再び傷口に集中し、縫合を続けていく。

「……傷跡、残りますか？」

胸元に緑色の滅菌布をかけられ、手術台に横たわっている愛美が、不安げな声を上げた。視線を傷口から愛美の顔に向けた秀悟は、軽く目を見張る。

あまりに異常な状況に余裕がなく、これまで意識しなかったが、無影灯の明かりに照らされた愛美の顔は思わず見とれてしまうほど美しかった。その触れれば壊れてしまいそうなほど儚《はかな》げな表情に、庇護欲がかきたてられる。

かすかに茶色がかった潤んだ瞳に、吸い込まれていくような錯覚に襲われた。

「あ、ああ……大丈夫だ。できるだけきれいに縫合したから、ほとんど目立たないと思う」

秀悟の言葉に、愛美は花が咲くように笑みを浮かべた。部屋が一瞬明るくなったような気がする。香水をつけているのか、かすかに薔薇の香りが鼻をかすめた。秀悟は軽く顔を振ると、意識を縫合に集中させる。

数分かけて縫合を終えた秀悟は、東野から受け取った滅菌ガーゼを傷に当て、テープで固定した。

「終わったよ。起き上がれる？」

滅菌布をとりながら秀悟が声を掛けると、愛美はおそるおそる上半身を起こしていく。一瞬、端正な顔が苦痛で歪んだが、なんとか手術台の端に腰掛けることができた。恥ずかしげに下着が露出した胸元を両手で隠す愛美に、東野が棚から取り出した丈の長い入院着を羽織らせる。

「こんなものしかないけれど」

「ありがとうございます」愛美は入院着の袖に腕を通していく。

手にした持針器とピンセットを器具台の上に置くと、秀悟はピエロに向き直った。

「言われたとおりに治したぞ。もうこの病院には用はないだろ。出て行ってくれ」

緊張を表に出さないように意識しつつ、秀悟は平板な口調で言う。

「おお、助かったぜ。けれどな、まだ出て行くってわけにはいかねぇなぁ」

ピエロは拳銃を持った手をぶらぶらと振る。

「そんな！　言われたとおりにしたじゃない！」

麻酔器の陰から出て来た佐々木がヒステリックな声を上げる。次の瞬間、ピエロは銃口を佐々木に向けた。佐々木は小さな悲鳴を上げると、頭を抱えてその場に座り込む。

「姉ちゃん、でかい声出すんじゃねえよ！　ぶっ殺されてえのか！」

ダンゴムシのように体を小さくした佐々木に、ピエロは怒声をぶつける。

「悪かった。謝るから落ち着いてくれ。もし良かったら、ここから出て行かない理由を教えてくれないか。できるだけ、あんたの要求にこたえるようにするから」

秀悟は慌てて言う。入り口近くに立ったまま、ピエロは佐々木に注いでいた視線を秀悟に向ける。

「おい、てめえ。俺のことを馬鹿だとでも思っているのか？　俺がいま出て行ったら、てめえらすぐに通報するだろ」

「そんなことしません！」それまで黙っていた東野が口を開く。「もし心配なら携帯電話も渡しますし、電話線も切ってくれてもかまいませんから」

「ああ、出て行くときはそうさせてもらうよ。ただな、少なくとも朝になるまではここにいさせてもらう。夜の間は警察もうようよいるだろうからな。というわけで、一晩よろしく頼むぜ」

おどけた口調で言うピエロを前に、秀悟は唇を噛む。

「おいおい、そんな深刻な顔するなって。たった一晩だろ。お前らが変なことをしねえ限り危害を加えるつもりはねえよ。まあ、仲良くやろうぜ」

ピエロはくぐもった笑いを漏らす。そのとき、秀悟はピエロの背後の廊下に立つ人影に気づいた。

秀悟は目をこらす。出入り口前のピエロの陰になってはっきりとは見えないが、間違いなく廊下の奥に誰かが立っている。いったい誰だ？　この病院には自分と二人の看護師以外にスタッフはいないはずだ。もしかしたら入院患者が彷徨《さまよ》ってここまで来てしまったのだろうか？　しかし、動ける入院患者は少ないはず……。

人影はゆっくりと、しかし確実に手術室に近づいてくる。ようやくその姿がはっきりと見えてきた。秀悟は目を見開くと、喉の奥から漏れそうになる音を必死に飲み下す。知っている男だった。白衣を着込み、頭部はきれいに禿《は》げ上がった初老の男。この病院の院長、田所三郎《たどころさぶろう》だ。

なんで院長が院内に？　普段は当直医が来る前に自宅に帰っているため、秀悟はこれまで数回しか院長と顔を合わせたことはなかった。たしか、院長室は五階にあったはずだ。もしかしたら今日に限ってそこに残っていて、この異常事態に気づいて下りてきたのだろうか？

こわばった表情で廊下を進んでくる田所の手に、ゴルフのクラブが握られていることに気づき、秀悟は目をさらに大きくする。なぶるように秀悟たちを眺めるピエロは、背後の田所に気づく様子はなかった。とうとう、院長は手術室のすぐ外まで近づいてくる。そこで思い切りクラブを振れば、ピエロのマスクに包まれた頭部を殴りつけることができる距離まで。

やれ！　やっちまえ！　秀悟は内心で声を上げながら、両手を握る。田所は歯を食いしばると、クラブを大きく振りかぶった。

次の瞬間、鼓膜を破らんばかりの轟音《ごうおん》が手術室の空気をふるわせた。反射的に耳を手でふさぎながら、秀悟は唇を噛む。

クラブが振り下ろされる寸前、振り返ったピエロが田所に向けて発砲していた。クラブを落とした田所は、声にならない悲鳴を上げてその場に倒れ込み、右足を押さえる。

「……なに、ふざけたことしようとしてんだよ」

這いつくばる田所を見下ろすと、ピエロはうっすらと煙の立ちのぼる銃口を田所の頭部に向けた。

「おめえ、誰だよ？」

「……この病院の院長だ」田所は食いしばった歯の隙間から声を絞り出す。

「院長？　院長が自分でこの病院を守ろうとしたっていうわけだ。そりゃあ偉いことだな。けどよお、院長っていうことはあんた医者だろ。医者だったら、クラブで人の頭殴ったらどうなるかぐらい分かるよな？」

ピエロは引き金に指を掛ける。肉のたるんだ田所の顔が恐怖で歪む。

「死んじまうだろ、そんなもんで殴ったらよ！」

「やめろ！」

引き金にかかった指に力が込められるのを見て、ほとんど反射的に秀悟は叫んでいた。ピエロは「ああ？」と剣呑《けんのん》な声を上げると、視線と銃口を秀悟に向けた。

「せっかくこの人が助かって、あんたは殺人犯にならずにすんだんだぞ。それなのに、いま院長を撃ったら意味がないじゃないか」

秀悟は上ずった声で言う。

「はあ？　こいつは俺を殺そうとしたんだぞ。殺しても、なんだ……正当防衛ってやつだろ」

「こんな状況じゃあ、正当防衛なんて成立しない。もしその人を殺したら、捕まったときに死刑になるぞ」

半分やけになりながら、秀悟は言葉を継いでいく。こんな説得がこの男に通用するか自信がなかった。

「……それ、本当か？」

ピエロの一瞬ひるんだ気配を秀悟は見逃さなかった。

「金だ！」

「ああ？　なに言ってんだ、お前」

一声叫んだ秀悟をピエロはいぶかしげに眺める。

「あんたは金が欲しくて強盗をしたんだろ。外来にはある程度金があるはずだ。その場所を知っているのは院長だけだ。だからその人を殺すな！」

秀悟は一息に叫ぶと、荒い息をつきながらピエロの次の行動を待つ。

数秒の沈黙の後、ピエロのマスクから露出している唇がゆっくりと笑みを形作った。

「おお、おお、なんだよ。結構あるじゃねえか」

十数枚の紙幣を手にしたピエロは楽しげに言う。

秀悟たちはピエロに促されて、手術室から外来待合室へと移動していた。撃たれた院長も、銃弾は軽くかすっただけらしく、足を引きずりながらもなんとか移動することができた。さっきまで薄暗かった待合室は、いまは蛍光灯の光に満たされている。

数分前、秀悟たちを待合室のソファーに座らせたピエロは、院長に金を取ってくるように指示を出した。院長は硬い表情のまま、外来受付から手提げ金庫を取り出し、そこに掛けられた頑丈そうな南京錠を外して、中身をピエロに渡していた。

「はは、こんなに金があるなら、最初から病院を狙《ねら》った方が良かったかもな」

ピエロは上機嫌に紙幣をジーンズのポケットに押し込む。

「金は渡した。もういいだろ、私の病院から出て行ってくれ」

田所はうなるように言う。

「心配するなって。朝になれば出て行ってやるからよ」

「……朝五時には患者の朝食の材料を運び込む業者と、調理師たちがやってくる。そのときに異常に気づかれたら、警察に通報されるぞ」

田所の言葉に、はしゃいでいたピエロの口元に力がこもる。

「……五時か」ピエロは小声でつぶやいた。「よし、五時までにはここから出て行ってやる。だからお前らは、それまで逃げようとか警察に通報しようとかするんじゃねえ」

「わかった。その代わり、私たちや患者に危害を加えないと約束してくれ」

「ああ、いいぜ。俺だって、べつに人をぶっ殺したいわけじゃない。金さえ手に入ればいいんだ。ただな……」

ピエロは脅しつけるように秀悟たちをにらんだ。

「俺は死んでも刑務所なんかには行かねえ。警察に通報されて取り囲まれたり、お前らのうち一人でも逃げ出したりしたら、俺はお前らと、入院している患者たちを全員ぶっ殺してから自殺してやる」

腰を曲げてソファーに座る佐々木の口から、小さな悲鳴が漏れた。

秀悟の白衣が引かれる。見ると、隣に座る愛美が蒼白い顔で白衣の袖を摑んでいた。

「大丈夫だよ。大丈夫」

秀悟が静かに言うと、愛美はこわばった表情のままうなずいた。

「君の要求は全部のむ。私の仕事は君を逮捕させることじゃない。患者とスタッフの安全を確保することだ。私たちの利害は一致している。だから安心してくれ」

ピエロに向かってはっきりとした口調で言う田所の姿は、頼もしく見えた。

「裏切るんじゃねえぞ、院長さん」

ピエロは顔の横に拳銃を掲げながら、軽い口調で言った。交渉が成立し、当面の安全が確保されたことで、張り詰めていた空気がいくらか弛緩《しかん》する。

あと七時間弱、その間に何事もなければ、ピエロは姿を消し、また日常に戻ることができる。秀悟は横目で佐々木の様子をうかがう。一番心配なのは彼女だった。すでに限界に近づいているように見える佐々木の神経は、あと七時間も耐えられるのだろうか。

「一つ頼みがある」唐突に田所が声を上げた。

「なんだよ、院長さん」ピエロは拳銃を持つ手を揺らす。

「可能なら、看護師だけでも上の階に行かせてもらえないか？　この病院には寝返りもうてない患者が大勢いる。そういう患者たちは、数時間ごとに体勢を変えてやる必要があるんだ。そうしないと褥瘡《じょくそう》、床ずれができてしまう」

「おいおい、院長さんよぉ。あんた立場分かっているのかよ。べつに一晩くらいやらなくてもいいだろ」

「一晩で床ずれはできてしまうんだ。場合によってはそれが原因の感染症で命の危険にさらされることもある」

「なんだよそれ。面倒くせえな」

ピエロは大きな舌打ちをすると、待合室をゆっくりと見渡していく。

「……あれはなんなんだよ？」

ピエロは階段に備え付けられている鉄格子を指さした。

「あれは、昔この病院が精神科病院だったときに使っていた鉄格子だ」

「なるほど、精神科病院ね。だから窓にも鉄格子がついてたってわけか……。ちなみに、エレベーターと階段はそこにあるだけか？」

「……ああ、そうだ」

院長が答えると、ピエロは鼻を鳴らした。

「よしっ決めた。お前ら、上の階で大人しくしていろ」

「……どういうことだ？」

院長が質問すると、ピエロは金庫に付いていた南京錠を手に取る。

「お前らが上の階に行ったら、これでそこの鉄格子を閉める。そうしたら、あとはエレベーターさえ見張っていればいいってことになるだろ。お前らは上の階で好きに過ごしな。俺は一階でお前らが降りてこないか見張っていてやる」

「降りたらどうなるんだ？」

「んなの説明しないでも分かるだろ」

反射的に訊《たず》ねた秀悟に見せつけるように、ピエロは銃を掲げる。

「一階に降りてきたり、逃げ出したり、通報したりすれば命はないと思えよ。自分たちも、入院している患者たちもな」

調子がのってきたのか、ピエロの舌は滑らかだった。

「朝五時になったらお前らは自由だ。俺はその前にこの病院からおさらばしているからよ」

ピエロは芝居じみた仕草で肩をすくめた。

3

「通報するべきだと思います」

声をひそめて秀悟は言う。そんな秀悟に田所は鋭い視線をぶつけてきた。

ピエロの指示に従って二階へと上がった秀悟たち五人は、透析室の中心にパイプ椅子を円形に並べ、今後とるべき行動を話し合っていた。

「だめだ。通報したら、私たちだけじゃなく患者まで危険にさらされる」

田所は固い声で言う。同調するように東野と佐々木がうなずいた。

「待っていれば安全だっていう保証なんてないじゃないですか。もしかしたら、病院から逃げ出す前に、あの男は俺たちを始末しようとするかもしれないんですよ」

秀悟はかぶりを振る。

「なんでそんなことをする必要があるんだ。私たちを殺すメリットなんて、あのピエロにはないはずだ」

田所の口調に苛立ちが混ざりはじめる。

「たしかに論理的に考えればそうかもしれませんけど、あの男がどう動くか分からないって言っているんです。あいつは強盗のついでに通りがかった女性を撃って拉致したうえ、その人の処置に困って病院に押し入るような、後先考えない男なんですよ」

秀悟の言葉に院長は渋い顔で黙り込んだ。東野、佐々木、そして愛美は不安げな表情で、にらみ合う秀悟と田所を眺める。

「いま、一階にはあの男一人しかいません。警察の特殊部隊ならきっと気づかれないように近づいて、あいつを制圧することができますよ。その方が安全なはずです」

秀悟が追い打ちをかけるように言うと、田所は禿げあがった頭をがりがりと掻いた。蛍光灯の光を反射している頭皮に、赤い筋が走る。

「速水先生、君の言っていることも楽観的な予想に過ぎないじゃないか。もしかしたら警察に包囲されたことに気づかれて、やけを起こしたあの男が私たちや患者を殺して回るかもしれない」

今度は秀悟が言葉につまる番だった。

「……速水先生、この病院の院長は私だ。悪いが私の指示に従ってもらう」

「いまは院長とかそういう問題じゃ……」

「それでは多数決にしよう」秀悟の言葉を遮るように田所は言う。「私の意見に賛成の人は？」

数瞬の沈黙の後、東野と佐々木がおずおずと手を上げる。愛美は体を小さくすると、秀悟と田所に交互に視線を送った。

「えっと、たしか川崎さんでしたね。あなたは速水先生に賛成ですか？」

田所は柔らかい声で愛美に水を向ける。愛美はうつむくと、弱々しく顔を左右に振った。

「私は……分かりません。こんなことに巻き込まれて、なにがなんだか……。ただ、家に帰りたいです……」

愛美は蚊の鳴くような声でつぶやいた。田所は同情を示すようにゆっくりとうなずくと、秀悟に向き直る。

「賛成三、反対一、棄権一ということになるね。民主主義的に私の指示に従ってもらいますよ、速水先生。こういうときに仲間割れするのは危険だ」

なにが民主主義だ。秀悟は内心で悪態をつく。最初から二人の看護師が自分につくと確信して票をとったくせに。

「それでは速水先生、申し訳ないですけど、念のため携帯電話を預からせてもらってもいいですか」

「……そこまでする必要あるんですか？」秀悟は顔をしかめる。

「念には念を入れてですよ。君たちも携帯電話を持ってきなさい。私が預かるから」

田所は看護師たちに言うと、愛美に視線を向ける。

「えっと、あなたは……」

「私は襲われたときにバッグを落としてしまって、携帯はその中に入っていました……」

愛美は相変わらずうつむいたまま言う。

「そうですか。川崎さん、今回のことは災難でした。けれど安心してください。この病院にいる限り、私があなたの安全を保証します。きっと朝になれば家に帰ることができますから」

諭すような口調で言う田所を見て、秀悟の胸にもやもやしたものがわき上がってくる。この状況でなにが「保証」だ。これから事態がどう転ぶのか、誰にも分からないというのに。

秀悟はいまだにうつむき続ける愛美を見る。横顔だとその形のいい鼻と、柔らかそうな唇が強調された。

「スマートフォンを持ってきます」

秀悟は軽く頭を振ると席を立つ。愛美が顔をあげ、すがりつくような視線を向けてきた。

「……すぐに戻ってくるよ」

秀悟は愛美の視線から逃げるように身を翻すと、当直室へ向かって歩き出す。

当直室へと戻った秀悟は大きく息をついた。この空間に入ると、自分のテリトリーに戻ってきたような気がする。窓に近づき曇りガラスの窓を開けると、鉄格子が目の前にあらわれる。秀悟は鉄格子を摑んで、軽く前後に揺すってみる。しかし、ぴくりとも動かなかった。

窓から逃げるのは無理か。諦めて窓を閉め、ベッドの枕元に置かれたスマートフォンを手にとったところで、秀悟は動きを止める。

本当に通報しないでいいのだろうか？　ここなら誰にも見られていない。いま通報してしまえばいいんじゃないか？

秀悟はスマートフォンの画面に触れて電話モードにすると、せわしなく「110」と打ち込んだ。あとは「通話」のボタンにさえ触れれば、警察に通報ができる。秀悟はかすかに震える指をゆっくりと画面に近づけていく。激しい逡巡《しゅんじゅん》が胸の中に渦巻く。

通報していいのだろうか？　田所の言うとおり、通報することで危険にさらされる可能性もある。

次の瞬間、脳裏に壮絶な笑みを浮かべたピエロの顔がよぎった。秀悟は奥歯を嚙みしめると、「通話」ボタンに触れた。しかし、スマートフォンはなんの反応も示さなかった。

「え？」

呆《ほう》けた声を上げながら、秀悟はまばたきをくり返す。なんでつながらないんだ？　何度も「通話」ボタンに触れる秀悟は、画面の上部にある電波を示す表示に×印が浮かび上がっていることに気づいた。

圏外？　眉間にしわが寄る。たしかにこの病院はあまり電波状態は良くなかったが、圏外になるようなことはなかったはずだ。いったいなんで？　不吉な予感を感じながら、秀悟はスマートフォンを振る。そのとき、背後で扉が開く音が響いた。秀悟は反射的に振り返る。

「……速水先生」

扉の奥に立った田所が、陰鬱《いんうつ》な声で名を呼んだ。

「あ、……ああ、院長先生。どうしたんですか？」

秀悟はスマートフォンを持つ手を下ろしながら、声を上ずらせる。

「いや、かなり時間がかかっているから、心配になって見にきただけですよ」

田所はもともと細い一重の目を、疑わしげに細める。

「スマートフォンをどこに置いたか分からなくて探していたんです。バッグの奥に紛れ込んでいました」

「そうですか。それじゃあ、申し訳ないですけど渡していただけますか」

秀悟に向かって田所は手を差し出す。秀悟は一瞬の躊躇《ちゅうちょ》のあと、その分厚い手にスマートフォンを手渡した。田所は唇をへの字にすると、固太りした体を翻し、撃たれた足を引きずりながら戻っていった。秀悟は重い足取りでそのあとを追う。

田所とともに透析室にもどると、東野と佐々木も自分の携帯電話を手にしていた。

ナースステーションから持ってきたらしい。

「それじゃあ、私が全員分の携帯電話を預かる。文句はないね」

看護師たちがうなずくのを確認すると、田所は視線を掛け時計へと向けた。

「あと六時間半の辛抱だ。それまで、あの男を刺激しないようにしながら、みんなで協力していこう。それじゃあ、東野君と佐々木君は各階の患者さんを見回ってくれるかな。万が一、騒ぎに気づいて不安になっている患者さんがいたら、うまく誤魔化したうえで、睡眠剤を投与してあげてくれ」

二人の看護師は「はい」と返事をすると、立ちあがり階段へと向かう。田所は秀悟と愛美に向きなおった。

「私も彼女たちについて患者を見回ってきます。お二人はここで待っていてください」

「え、いや。それなら俺も……」

腰を浮かしかけた秀悟の前に、田所は開いた手をかざす。

「いえ、速水先生はここに残ってください」

「なんでですか。俺は当直医ですし……」

「入院患者の主治医は私です。患者さんたちに対しては私が全責任を負っています。

もちろん私の不在時は当直の先生に頼らせていただいていますが、いまは主治医の私がいるうえ、こんな非常事態です。私が責任をもって見回らせてもらいますよ。いやあこんな日に限って、私が診療報酬明細のチェックで残業していたのは不幸中の幸いでした」

「はあ……」

なにか引っかかるものを感じながら、秀悟は生返事をする。

「それに、速水先生の患者さんなら、そこにいらっしゃるじゃないですか」

田所は視線を愛美に向ける。愛美は自分を指さしながら「私……ですか」とつぶやいた。

「あなたは速水先生の手術を受けた。つまり速水先生にはあなたをしっかりと見守る義務があります」

その言葉にはたしかに一理あったが、どうにも田所の態度に違和感をおぼえる。

秀悟は無言で田所を眺めた。

「それじゃあ、くれぐれもあの男を刺激しないようにしてくださいね」

田所はそう言い残すと、看護師たちのあとを追って、手すりを両手で握りながら足を引きずりつつ階段を上がっていった。

秀悟はなんとなしに広い透析室を見回す。さっきエアコンを入れたので、室内はいくらか暖かくなってきている。所々に置かれた石油ストーブに火を灯す必要があるほどには冷え込んでいなかった。

二人だけが残された空間に沈黙が満ちていく。居心地の悪さを感じた秀悟は、椅子のうえで臀部《でんぶ》の位置を微妙にかえつつ、不安げに黙り込む愛美に視線を送った。声をかけようと思うのだが、話題が見つからずもどかしい。

「あの……」愛美がか細い声でつぶやく。

「は、はい」虚を衝《つ》かれた秀悟は上ずった声で答えた。

「さっきは、ありがとうございました」

「え？　ありがとうって……」

「私を手術して助けてくれたことです」

愛美はかすかに笑みを浮かべる。

「いや、もともと死ぬような怪我じゃなかったんだよ。弾丸は皮膚と筋肉を抉っただけだから」

「そうなんですか。けれど私、すごく怖かったんです。あのピエロに急に襲われて、おなかを撃たれて……。すごく痛かったし、血もいっぱい出て……。車に押し込まれたときは、もう助からないんだと思いました」

語っているうちにそのときのことを思い出したのか、愛美は肩を細かく震わせて再びうつむいた。秀悟はなんと声をかけていいか分からず、無言のまま愛美を見守ることしかできなかった。

「だから、手術室で大丈夫だって言われたときはすごく嬉しかったんです」

愛美は顔を上げ秀悟を見る。その潤んだ瞳に見つめられ、秀悟の胸で心臓が一度大きく跳ねた。

「お礼を言わせてください。助けてくださって、本当にありがとうございました。えっと……」

愛美は秀悟と視線を合わせたまま小首をかしげる。

「速水。速水秀悟だ」

「速水先生ですね。私は川崎愛美……って、さっき自己紹介しましたよね」

愛美ははにかみながら首をすくめる。

「べつに先生なんてつけなくてもいいよ」

「それじゃあ、お言葉に甘えて秀悟さんって呼ばせてもらいますね。私のことは愛美って呼んでください」

いきなり名字ではなく名前で呼ばれ、秀悟は少々面食らう。

「あ、すみません……」

「いや、かまわないよ」秀悟は慌てて言う。

「良かった」

微笑む愛美を前にして秀悟は戸惑っていた。こんな状況だというのに、このテンションはなんなのだろう？　いや、もしかしたらこんな状況だからこそ、明るく振る舞って恐怖を誤魔化そうとしているのかもしれない。

「秀悟さんってこの病院のお医者さんなんですよね？」

愛美はくだけた口調で質問してくる。

「いや、普段はこの近くの総合病院に勤めているんだけど、時々この病院で当直しているんだ」

「そうなんですか。何科のお医者さんなんですか？」

「外科だよ。まだ五年目の見習いみたいなものだけどね」

「見習いなんて、そんなことないですよ。だって、私の傷を治してくれたじゃないですか」

愛美の表情に、一瞬哀しげな陰がよぎる。

「手術室で自分の傷を見たとき、すぐに大きな痕が残ったらどうしようって思いました。おかしいですよね、命が助かるかどうかもまだ分からなかったのに」

「いや、そんなこと……」

「けれど、秀悟さんはあんな大きな傷をきれいに治してくれました。本当にありがとうございます」

愛美はつむじが見えるぐらいに頭を下げた。秀悟はこめかみを掻きながら、かすかな罪悪感を覚える。

たしかにできる限りきれいに縫合はしたが、それなりに傷跡は残るだろう。できれば傷口が一度完治したあと、形成外科医に瘢痕形成術《はんこんけいせいじゅつ》をやってもらった方が……。

秀悟がそんなことを考えていると、顔を上げた愛美が口を開いた。

「私たちもう安全なんですよね？　朝になればあのピエロはどこかに消えるんですよね？」

愛美の口調は再び不安をはらんだものに戻っていた。やはり無理をしていたのだろう。

「ああ、きっと大丈夫だよ」

秀悟は不安が口調に滲まないように気をつけながら言う。愛美は弱々しく「だといいんですけど……」とつぶやいた。

「えっと、愛美さんは学生なのかな？」

再び重くなった空気を変えようと、秀悟は愛美に話しかける。

「あ、はい、そうです。近くの女子大の教育学科です」

「ということは、将来は学校の先生に？」

「はい。できれば小学校の先生になりたいなって」

「そうか。えっと、……大学生ってことはいまは二十歳ぐらいかな」

こんな合コンでするような質問しか思い浮かばないのかよ。自己嫌悪で顔が軽く引きつる。

「実はまだ十九歳なんです」

「ああ、そうなんだ」

「なんですか？　老けて見えます」愛美は唇を尖らす。

「いや、そういうわけじゃなくて、大人びて見えたから……」

秀悟が慌てて取り繕うと、愛美はいたずらっぽく微笑む。

「冗談ですよ。実は化粧無しだとかなり童顔で、高校生に間違えられることもあるぐらいなんです。それが嫌で、ちょっと大人っぽいメイクをしているんですよ」

「さすがに高校生には見えないけどな」

「メイクのおかげですよ、女は化粧で別人になれるんです」

愛美は冗談めかして軽くウインクをする。その艶《つや》っぽい仕草に思わずどきりとして、秀悟は愛美から視線を外す。そのとき、秀悟の視界のすみにあるものに気づいた。

あれは……。秀悟は立ち上がると、部屋の隅へと歩いて行く。そこには、内線電話が壁に取り付けられていた。

なんでこんなことに気がつかなかったのだろう。携帯電話が圏外だとしても、この電話を外線に繋《つな》げば……。

受話器に手を伸ばす。すぐに通報するつもりはなかった。ただ、いざというときに使えることを確認しておきたかった。

受話器を取った瞬間、秀悟は目を見張る。

受話器と本体を繋ぐコードが途中で切断され、足下に垂れ下がっていた。

「なんで？」コードをたぐり寄せながら秀悟は呆然とつぶやく。

「……さっき秀悟さんが携帯電話を取りに行っているとき、院長先生が切っていました」

立ち尽くす秀悟に近づいてきた愛美が言う。

「なんでそんなことを!?」

思わず声が跳ね上がる。愛美は体をびくりと震わせた。

「あ、あの。院長先生は『念のため、通報できないように』って言っていましたけど……。私もそこまでするのは変だと思ったんですけど、止められなくて……。すみません」

「あ、いや。べつに愛美さんを責めているわけじゃないんだよ。ただ……」

ただ、これはあまりにもやり過ぎだ。切断されたコードを凝視していた秀悟は、はっと顔を上げる。田所たちは十分以上前に上階に行った。いまごろ他の電話も同じようになっているかもしれない。

いったいなぜ、田所はそこまで……?

そのとき、白衣が引かれ、秀悟の思考は妨害される。

「どうかした?」秀悟は白衣の袖を掴む愛美を見る。

「いまの……聞こえました?」愛美の声は震えていた。

「聞こえる? なにが?」

「人のうめくような声です。階段の方から聞こえてきたんです」

愛美は階段を指さす。

「いや、なにも聞こえなかったけど……。気のせいじゃないの？」

「気のせいじゃありません。私、耳はいいんです。あれは絶対、男の人のうめき声でした。もしかしたら、院長先生になにかあったのかも」

愛美は秀悟の手を引いて、階段の近くまで連れて行く。

きっと、風の音かなにかだろう。秀悟は耳をすます。そのとき、「あ、ああ、ああ……」という声がかすかに鼓膜を揺らした。秀悟は息を吞む。

「ほらいま！　聞こえました？」

「……聞こえた」

勢い込んで言う愛美に、秀悟はためらいがちにうなずいた。たしかに聞こえた。おそらくは男のうめき声。

院長が襲われたのだろうか？　あのピエロはもう約束を反故《ほご》にしたのだろうか？

秀悟は隣で震える愛美に向き直る。

「俺が様子を見てくる。愛美さんはここで待っていてくれ」

「いやです！」間髪入れずに愛美は叫んだ。「一人で待っているなんて絶対いやです！」

「けれど、危険かもしれないし……」

「ここだって危険なのは同じじゃないですか！　一人にしないでください！」

愛美は息を乱しながら必死に言う。白衣を摑むその手には、血管が浮き出ていた。

「……分かった。それじゃあ一緒に行こう」

十数秒迷った末に秀悟は言う。愛美は大きく安堵の息を吐いた。

「そのかわりに、俺から離れないように気をつけてくれ」

愛美がうなずいたのを見て、秀悟は暗い階段を一段一段上がっていく。心臓の鼓動が加速する。愛美は腹に痛みが走るのか、少し顔をしかめながら後ろをついてきていた。

「……東野さん」

三階に着いた秀悟は、ナースステーションを覗き込みながら、声をひそめて東野の名を呼ぶ。しかし、東野の姿は見えなかった。

病室を回っているのだろうか。秀悟がそう思ったとき、再びうめき声が響いた。秀悟と愛美は声の聞こえてきた方向、廊下の奥に視線を向ける。

つばを飲み下すと、秀悟は足を踏み出した。

「行くんですか？」愛美は怯《おび》えきった表情を浮かべる。

「もし院長なら、助けないと。愛美さんはここで待っていても……」

秀悟のセリフが終わる前に、愛美はぷるぷると顔を左右に振った。

「一人でいるぐらいなら一緒に行きます」

「それじゃあ、行こう」

廊下を進んでいくにつれ、声が近づいてくる。次の瞬間、数メートル先の病室から手が出てきた。愛美が小さく悲鳴を上げる。その手が助けを求めるように宙を掻くと同時に、またうめき声があがった。

あの病室に誰かが倒れている。一瞬の硬直から解放された秀悟は走り出す。

「ま、待って……」背後から愛美の足音が追いかけてきた。

病室を覗き込んだ瞬間、秀悟の体から力が抜けていく。そこに倒れていたのは田所ではなく、入院着を着た初老の男だった。男は地面を這いながら、秀悟に向かって腕を伸ばしてくる。その腕から血が流れているのが、薄暗い非常灯の光に浮かび上がって見えた。きっと、点滴を引き抜いたのだろう。

「こ、この人は……」

秀悟の背後に隠れるようにしながら、愛美がつぶやく。秀悟はすぐわきの空になっているベッドを指さした。

「きっと、ここに入院している患者さんだ。点滴を引き抜いてベッドから降りたんだろうな」

秀悟はベッドにぶら下がっている名札を見る。そこには「新宿11」と記されていた。秀悟は唇をへの字にする。

「この『新宿11』っていうのはなんなんですか？」愛美は首をかしげる。

「……名前だよ」

「え？　名前って……」

「身元不明の患者は、こういうふうに見つかった場所と番号で呼ばれることになるんだ。身元が分かるまでね……。この人はこの病院で十一人目の、新宿で見つかった身元不明患者っていう意味だ」

説明を聞いた愛美は、床に這いつくばる男に憐憫《れんびん》の視線を向けた。男は助けを求めるように秀悟たちに向かって手を伸ばし続ける。

「大丈夫ですか？　私の言っていること分かります？」

男の前にひざまずいた愛美が声をかけるが、男の口からは意味を持たない言葉がこぼれるだけだった。

「たぶん、失語症で話ができないんだと思う。脳卒中患者なんだろうな、左半身に麻痺がある」

秀悟も愛美にならって男のそばにひざまずく。

「どこか痛いんですか？」

秀悟が声をかけると、男の頭部がかすかにうなずくような動きをした。完全な失語ではなく、言葉を理解はできるが喋ることはできない運動性失語症のようだ。

秀悟は振り返って廊下を見る。

「看護師はいったいどこに行ったんだよ。この患者の情報が欲しいのに」

「あの……私が探してきましょうか」

苛立たしげにつぶやく秀悟に、愛美がおずおずと言う。秀悟は一瞬頼もうかと思うが、すぐに思いとどまった。この病院にはあのピエロがいる。愛美を一人で行動させない方がいい。

「いや、大丈夫だよ。とりあえずこの患者さんをベッドに戻して、それから二人で探しに行こう」

秀悟はいまだにうめき声を上げる男を観察する。がりがりに痩せているというわけではないが、かなり小柄な男だ。なんとか一人でもベッドに戻せるだろう。

「とりあえずベッドに戻りましょうね。俺が抱き上げますから、まずは仰向けになってもらいますよ」

声をかけながら、秀悟は腹ばいに倒れている男の体の下に手を差し入れる。その瞬間、右手にぬるりとした感触が走り秀悟は顔をしかめた。吐物や尿だろうか？ゴム手袋をしなかったことを後悔しつつ、秀悟は男の体をゆっくりと回転させた。

男がひときわ大きなうめき声を上げた。

仰向けになった男を見て、愛美が小さく悲鳴を上げる。

男の入院着は左の上腹部に赤黒い染みが滲んでいた。秀悟は反射的に自分の手を見る。そこは非常灯の薄い明かりでも分かるほど、真っ赤に染まっていた。

血？　秀悟は慌てて男の入院着をはだけさせる。男の左脇腹に大きな傷が口を開けていた。

「手術痕《しゅじゅつこん》……？」秀悟の口からかすれた声がこぼれる。

斜めに一直線に刻まれた傷、それは明らかにメスで開いたものだった。おそらくはこの数日で行われた手術の傷口、それが大きく開いている。

じわじわと血が滲む傷口を眺めていた秀悟は、あることに気づいた。

「縫合糸《ほうごうし》が……切られている？」

つぶやきながら秀悟は必死に状況を整理しようとする。

「……この患者は最近手術を受けた。そして、誰かが傷口を縫合している糸を切ったうえで、傷口に衝撃を与え……たぶん傷口を殴ったんだ……」

秀悟のセリフを聞いて、愛美は目を見開いた。

「誰がそんなことを!?」

愛美の質問に秀悟は答えられなかった。

あのピエロか？　けれど、あの男は一階にいるはずだし、入院患者を傷つける理由がないはずだ。

秀悟は頭を一振りして疑問を振り払う。いまは考えている場合じゃない。まずは治療をしないと。

秀悟は立ち上がると、血のついていない方の手で愛美の手を握る。

「ナースステーションに戻ろう」

「この人を放っておくんですか!?」

「治療をするための道具が必要なんだ。それに人手が足りない。看護師を呼ばないと」

早口で言いながら、秀悟は愛美の手を引いて廊下を戻り、ナースステーションへと入った。

「東野さん！　佐々木さん！　院長先生！」

薬剤棚から生理食塩水のパックを取り出しながら、秀悟は声を枯らして叫ぶ。ピエロに聞こえるかもという危惧《きぐ》はあったが、いまは人手を集めるのが先決だった。

一瞬の躊躇のあと、愛美も「看護師さーん」と声をあげはじめる。

数十秒後、秀悟がトレーの上に点滴チューブ、点滴針《てんてきしん》、生理食塩水パックなどを用意し終えたとき、階段から足音が聞こえて来た。見ると、東野と佐々木が顔を引きつらせながら階段を駆け下りてきていた。

「なんなんですか、そんな大声出して。あのピエロに聞こえたらどうするんです」

ナースステーションに入ってきた東野は、顔を紅潮させながらヒステリックに言う。

「そっちこそどこにいたんですか？　病棟を見回るって言っていたのに、いないじゃないか！」

秀悟の剣幕に東野と佐々木は表情をこわばらせる。

「それは、……二人で四階から回っていたんです。佐々木ちゃんが一人で回るのは怖いって言い出したから。そうよね」

東野に水を向けられた佐々木は、こくこくと小刻みにうなずいた。秀悟は眉をひそめて看護師たちを見る。なにやら二人の言動が芝居じみている気がした。

「奥の病室で患者さんが倒れているんですよ。すぐに治療しないと」

秀悟が言うと、東野は「なんだそんなことか」と言わんばかりに肩をすくめた。

「患者さんが徘徊《はいかい》したり、床で寝ちゃったりすることは時々あるんですよ。そもそも……」

「……新宿11」

秀悟は東野の言葉に重ねるようにつぶやく。東野は口をつぐむと、数回まばたきを繰り返した。

「いま……なんとおっしゃいました？」

「新宿11。それが倒れていた患者ですよ。それもただ倒れていたんじゃない。腹からかなり出血しています」

東野と佐々木の口から声にならないうめきが漏れた。この二人はなにか知っている。看護師たちの態度を見て、秀悟はそう確信する。

「いったいあの患者は誰なんですか？　なにか知っているでしょ？」

秀悟が詰問すると、東野はおずおずと厚い唇を開く。

「いえ、ちょっと……。とりあえず見に行きましょう」

東野は逃げるように廊下へと出て行った。秀悟はトレーを手に取ると、愛美とともに東野の後を追う。

病室に着くと、腹から血を流しながらうめき声を上げる男を前にして、東野は立ち尽くす。

「どういうことなんですか？」

秀悟が質問をぶつけると、東野は首関節が錆付いたかのような、ぎこちない動きで振り返った。

「この人は、この病院に入院している患者さんで……」

「そんなことは分かっています。なんでその患者さんが、腹から血を流して倒れているんですか」

「そんなこと、私が知るわけないじゃないですか！」

東野は金切り声を上げながらかぶりを振った。

「あなたはこの病棟の看護師でしょ」

「……そんなことより、まずは点滴をとりましょう。輸液しないと」

東野は秀悟の手からトレーを奪い取ると、男の隣に正座し、その腕に駆血帯《くけったい》をまいた。

　秀悟は東野が点滴ラインを確保するのを、無言のまま背後から見守る。時間稼ぎのためなのか、それとも緊張で手元が震えるのか、男の手背静脈《しゅはい》に点滴針を刺そうとする東野の手際は、ベテラン看護師とは思えないほどぎこちなかった。

　ようやく東野が確保した点滴ラインに、秀悟は生理食塩水のパックを接続し滴下を開始した。

「それじゃあ、説明してください。この人はなんでこんなことになっているんですか」

「……知りません」東野は露骨に視線を外す。

「あなたは今晩、この病棟の夜勤だったんでしょ。それなら申し送りぐらいあったはずだ」

「……この患者さんに対する申し送りはありませんでした」

「そんなわけないでしょ。この人は手術痕がある。しかも見たところ、この数日以内の手術痕だ。この人はなんの手術をしたんですか？」

　はっきりとしない回答を繰り返す東野に焦れた秀悟は、語気を強くした。

「腸閉塞《ちょうへいそく》ですよ」

　唐突に背後から声をかけられ、秀悟は慌てて振り返る。いつの間にか、背後に田所が立っていた。そのそばに佐々木の姿も見える。

佐々木が田所を呼んできたのか……。秀悟は田所を睨《ね》め上げる。

「一昨日の夜に急に腹痛を訴えてね。虚血性《きょけつせい》の腸閉塞と診断して、緊急手術を行ったんですよ。壊死した大腸を数センチ切除して手術は無事成功したんだけどね……、まさかこんなことになるなんて」

田所はわざとらしく首を左右に振る。

「こんなことって、なんでこの人の傷が開いているか分かるんですか？」

秀悟の問いに、田所はわずかな動揺も見せずに「もちろんですよ」と言った。

「手術自体は成功したんだけど、この患者は術後のせん妄《もう》がひどかったんです。昨夜も何回かベッドから降りようとして騒ぎになっていた。一応鎮静はかけていたんだけどね……」

田所は苦笑を浮かべながら話し続ける。

「たぶん、この患者さんは今夜もせん妄状態になってベッドから転落してしまったんですよ。そして、その拍子に傷口をどこかにぶつけたんじゃないかな」

ちがう、そんなことはない。傷口の縫合糸はすべて切断されていた。誰かが故意に傷を開いたに決まっている。

「速水先生、ありがとうございました」

反論を口にしようとした秀悟に向かって、田所は深々と頭を下げた。禿げあがった頭頂部が、非常灯の光を鈍く反射する。

「この患者さんに気づいてくださって感謝しています。おかげで大事になる前に治療することができる。これは主治医である私と、この病棟を担当していた東野君の責任ですから、私たちでしっかり治療させてもらいます」

田所の過剰に慇懃《いんぎん》な態度が鼻についた。秀悟は口を固く結んだまま、田所たちをにらむ。

この男はこう言っているのだ。「これ以上かかわるな」と。食い下がろうとした秀悟の耳に、小さな足音が聞こえて来た。

足音？　秀悟は眉根を寄せる。ここには五人全員がいる。いったい誰が？　振り返った秀悟は頰の筋肉を引きつらせた。他の者たちも秀悟と同じような表情を浮かべる。

エレベーターがある廊下の奥から、銃を持った手を大きく前後に揺らしながらピエロが近づいてきていた。空気が張り詰める。

秀悟たちから二、三メートル離れて足を止めたピエロは、銃口を向けてきた。

「お前ら、さっきからなにをわーわー騒いでんだよ。一階にまで声が聞こえてきたぜ」

「……うるさくして申し訳なかった。たいしたことじゃないんだ」

田所が硬い声で言う。

「たいしたことじゃない？　たいしたことじゃねえのに、騒いだってわけか？　ずいぶん余裕があるじゃねえか」

「入院患者の一人がベッドから転落して負傷したんだ。その治療をするために、ちょっとうるさくしてしまった。本当に申し訳ない」

頭を下げる田所をピエロは見つめる。仮面から露出している目が、疑わしげに細められた。

「……転んだおっさんの治療に、全員集まる必要があるのかよ」

「いや、私と看護師たちでいいと言っているんだが、速水先生は責任感が強くて、自分も治療するって聞かなかったんだよ。それで軽く言い争いのようになってしまって……」

田所の言葉に、秀悟は唇を歪める。まさかこの状況を利用してくるなんて……。

ピエロは冷たい視線と銃口を秀悟に向けてきた。

「おいおい、若先生よぉ。先輩の言うことは聞くもんだろ。そのハゲに任せて、大人しく引っ込んでろよ。わざわざ俺の手を煩わせるんじゃねえ」

「……悪かった」

秀悟は食いしばった歯の隙間から言葉を絞り出す。銃口を向けられて、反論などできるわけもなかった。

「分かったならさっさと行きな」

ピエロが顎をしゃくる。秀悟は歯を食いしばったまま、廊下を戻りはじめる。愛美も秀悟についてきた。

ナースステーションに近づいたところで振り返ると、ピエロは廊下の奥のエレベーターに乗るところだった。病室にいる田所たち三人の姿はここからでは見えない。

エレベーターの中にピエロが消えるのを確認すると、秀悟は愛美の手を引いて、ナースステーションへと飛び込んだ。

「秀悟さん、なにを？」

目を丸くする愛美に「ちょっと待っていて」と言うと、秀悟は奥にあるラックに小走りに近づく。そこには数十冊のカルテが収納されていた。秀悟は目を皿にして目的のものを探す。すぐにそれは見つかった。

一冊のカルテを抜き取る。

〈新宿11〉

カルテの表紙には大きくそう記されていた。

第二章 最初の犠牲者

1

「あの……、秀悟さん」

愛美に声をかけられて秀悟は顔をあげる。

二十分ほど前に二階に戻ってきてから、秀悟は階段から死角になる透析器《とうせき》の陰に愛美と移動すると、パイプ椅子に腰掛けながらひたすら「新宿11」と記されたカルテを読み続けていた。

「なにか分かりました?」

「まあ、色々とね……」

秀悟はカルテを閉じると大きく息をつく。このカルテを読むことで、たしかに様々なことが分かった。しかし、それと同じくらい疑問もわいていた。

「このカルテによると、あの男性は一昨年の七月、新宿駅の構内で倒れて意識不明になった。近くの総合病院に搬送されて検査したところ視床出血《ししょうしゅっけつ》で、後遺症として左片麻痺《ひだりへんまひ》と失語症、あと認知能力の著しい低下が見られたらしい」

そこまで言ったところで、秀悟は愛美が微妙な表情を浮かべていることに気づいた。

「ああ、ごめんごめん。そんな専門用語並べ立てても分からないよな。簡単に言えば、脳卒中を起こして、ひどい後遺症が残ったっていうことだよ」

愛美は「あ、なるほど。分かりました」とうなずく。

「もともと新宿駅周辺に住んでいたホームレスだったらしくて、身分を証明するようなものは持っていなかったし、後遺症で自分の名を言うこともできなかった。そういうわけで、身元不明のまま一ヶ月ほど治療されて、ある程度症状が落ちついたところでこの病院に転院になったらしい」

「じゃあ、二年ぐらいこの病院に入院しているってことですか」

「そうみたいだね」

秀悟はぱらぱらとカルテをめくりながらうなずく。そこまでの経過には特に疑問はなかった。

「重い後遺症はあったけど、介助をつければ食事の摂取も可能で、健康状態もとくに大きな問題はなかったらしい。この前までは……」

「最近、手術をしたんですよね？」

「一昨日の夜に急に腹痛を訴えて、緊急手術をしたことになっている。診断は絞扼《こうやく》性《せい》イレウス。腸閉塞《ちょうへいそく》って言われる病気だよ。このカルテによればね……」

秀悟はこめかみをこりこりと掻《か》いた。

「カルテによればってことは、なにかおかしなことがあるんですか？」

愛美の質問に秀悟は重々しくうなずいた。

「ああ、おかしなことだらけだ」

カルテに大きな不備はない。しかし、外科医である秀悟の目から見ればおかしな点がいくつも見つかった。

「まず第一に、この病院で手術をすること自体が異常なんだ。この病院は療養型病院、つまり慢性的な病状の患者を長期間治療していく病院だ。手術なんて局所麻酔の小手術が限界で、絞扼性イレウスみたいな全身麻酔での手術が必要な疾患になったら、普通は総合病院に搬送する」

喋《しゃべ》りながら、秀悟は一階の手術室を思い出す。この古臭い病院で、あそこだけは大病院のような設備を整えていた。しかも、なぜか手術室には手術台と麻酔器が二セット並べられていた……。

秀悟は眉間にしわを寄せた。似たような構造の手術室を見たことがある気がする。しかし、それがどこだったのか思い出せない。

「他にも、なにかおかしいところがあるんですか……?」

黙り込む秀悟に、愛美は問いかける。

「ああ、症状が出てから手術開始までの時間が短すぎるんだ。カルテによると患者が腹痛を訴えはじめたのが午後十時半過ぎ、そして執刀開始が十一時過ぎだ。三十分で診断をつけ、手術するっていう決断をして、そして執刀をはじめている」

「それって早いんですか?」愛美は小首をかしげる。

「早すぎるな。スタッフが充実している総合病院でもこの倍はかかるはずだ。これじゃあまるで……」

まるで、最初から手術を予定していたみたいだ。眉間のしわが深くなる。

「……秀悟さん?」

黙り込んだ秀悟の顔を、愛美は不安げに覗き込んでくる。

「いや、なんでもないよ。……あと、もう一つだけ気になることがある」

秀悟は膝のうえのカルテを開いて、そこに挟まれている手術記録に視線を落とす。

そこには執刀医と、その補助をした看護師の名前が記されていた。

「記録によると、そのオペを執刀したのは院長、そして器械出しのナースが東野良子、外回りのナースが佐々木香《かおる》ってなっている」

「それって……」

愛美の形良く整えられた眉が八の字を描く。

「そう、今晩この病院に閉じ込められているスタッフたちだ」

ついさっき、三階病棟で手術痕《しゅじゅつこん》を開かれて倒れていた男。彼の手術にかかわった三人が、いま現在監禁されている。これはたんなる偶然なのだろうか？　それとも……。

「これって……どういうことなんでしょう？」

小さな声で訊《たず》ねた愛美に秀悟は首を振りながら答える。

「分からないよ。なにがなんだかさっぱりだ」

「あの……私にもそれ、見せてもらってもいいですか？」

愛美はおずおずと手を伸ばしてきた。

「え？　カルテを？　そりゃあまあいいけど、たぶんなにが書いてあるか分からないと思うよ」

秀悟はカルテのファイルを愛美に手渡す。カルテは専門用語が英語で羅列されているうえ、その大部分は崩れた筆記体で記されている。医療関係者以外が見てもなかなか理解するのは難しいだろう。

愛美はカルテを開くと、真剣な面持ちで視線を落とす。しかし、予想どおりすぐにその表情が歪んだ。

秀悟は透析器の陰から顔をだし、階段を見る。田所たちが降りてくる気配はなかった。まだあの男性の治療を行っているのだろうか？　あの傷の具合からすると、再縫合が必要になるだろうから、その可能性は高い。

「……あれ？」愛美が唐突にいぶかしげな声をあげた。

「どうかした？」

秀悟が視線を戻すと、愛美は一枚の紙を手にしていた。

「これって、なんでしょう？」

不思議そうにその紙を眺めながら、愛美は首をひねる。

「紙？　なにが書いてあるの？」

「なにか名前と、あとよく分からないことが……」

愛美が差し出してきた紙を受け取った秀悟は、そこに記されている文字を読んで数回まばたきを繰り返した。

〈三階　神崎浩一　山本真之介　新宿11　明石洋子
四階　池袋8　川崎13　南康生
調べろ〉

「これって……」

紙に書かれた文字を目で追いながら、秀悟は低い声でつぶやく。

「あの、これも普通のカルテに挟まっているものなんですか？」

「いや、こんなもの普通はないよ。看護師がメモ書きを挟んでおいただけなのかもしれないけど……」

最後の「調べろ」という一言、それが気になった。

もしかしたら、俺たちがこのカルテを読むことは見透かされていたんじゃないか？　そうだとするなら、ここに記された人々は……。

秀悟はゆっくりと立ち上がる。

「どうかしました?」

「これから、上の階に行って、このメモに書かれている人たちのカルテを探してくる」

「え? なんでそんなことを……?」

「これは、さっきの男の傷口を開いた奴の伝言なんだと思う。メモに書かれている人たちのカルテを調べればなにか分かるかもしれない」

「けれど……それって危険じゃないですか? そんなことする必要があるんですか?」

愛美の表情に不安がよぎる。

そんな必要があるのか、秀悟にも分からなかった。ただ、いまこの病院でおこっているのはたんなる籠城《ろうじょう》事件じゃない、そんな確信が胸に湧き上がりつつあった。

秀悟はむりやり表情筋を動かして笑顔を浮かべる。

「大丈夫だよ。上の階に行くだけだって」

秀悟は横目で階段を眺める。そう、カルテを探しに行っても、一階にいるあのピエロに襲われる可能性は低いはずだ。それよりも警戒するべきなのは……。

頭に田所と二人の看護師の顔が浮かんだ。

あの三人はなにか隠そうとしている。ついさっきの田所たちの態度、そして「新宿11」のカルテから、秀悟はそう確信していた。

「でも……」不安げな表情を浮かべたまま愛美は口ごもる。

「大丈夫。俺が一人でちゃっちゃと行って、すぐに戻って……」

そこまで言ったところで、愛美が秀悟の白衣の袖を両手で摑んで、顔を細かく左右に振った。その表情は不安と恐怖で飽和していた。

「……分かったよ。それじゃあ一緒に行くか」

秀悟が苦笑しながらつぶやくと、愛美は大きくうなずいた。

足音を殺しながら階段を上がった秀悟は、壁の陰から三階病棟の様子をうかがう。廊下の奥に、非常灯よりもはるかに明るい光が灯《とも》っているのが見えた。さっき男が倒れていた病室のあたりだ。おそらく、いまも中で処置は続いているんだろう。ナースステーションには誰もいない。

秀悟は背後にいる愛美に向かって手招きをすると、身を低くしてナースステーションに侵入し、その奥にあるラックの前まで移動する。愛美もすぐについてきた。

秀悟はメモとラックに置かれているカルテの背表紙を見比べる。予想どおり、メモにあった名前が記されたカルテが見つかった。秀悟はそれらのカルテを抜き取り脇に抱えると、愛美とともにナースステーションを出て今度は四階へと向かう。

二人は足を止めることなく階段を上がり、四階のナースステーションへと入っていくと、三階と同じようにカルテを探しはじめた。ここでも目的のカルテはすぐに見つかった。

これで全部そろった。秀悟が最後のカルテをラックから抜こうとしたとき、背後からかすかに足音が響いた。秀悟と愛美は体を震わせると、同時に振り返る。足音は間違いなく階段の方から聞こえて来た。

「こっちだ」

愛美の手を引いて薬品棚の陰に隠れると、秀悟は階段をうかがう。次の瞬間、階段を降りてきた人物の姿を視界にとらえ、秀悟は息を吞んだ。

院長室のある五階から降りて来たので、てっきり田所だと思った。しかし、姿をあらわした人物の頭部はラバー製の仮面で覆われていた。

ピエロ？　あの男がなんで五階から？

混乱する秀悟を尻目に、四階へと到着したピエロは廊下を奥へと歩きはじめる。

足音が遠ざかって行くのを確認すると、秀悟は薬品棚の陰から出て、ナースステーションの中からおそるおそる廊下をうかがう。廊下の一番奥にあるエレベーターが開き、扉のところに段ボールが置かれていた。どうやら、あれで扉を閉まらないようにして、他の階に移動しないようにしているらしい。

廊下の奥まで移動したピエロは、段ボールを無造作に蹴ってエレベーター内に移動させると、自らも乗り込む。扉がゆっくりと閉まっていった。

「あのピエロ、いったいなにを……？」

秀悟と同じように廊下を眺めていた愛美がつぶやく。

「……五階でなにかやっていたらしい。たぶんエレベーターで四階まで移動して、それから階段で五階まで上がったんだ。この階から階段を使ったのは、エレベーターが四階までしか通っていないからだと思う」

秀悟は頭を整理しながら言葉を発していく。愛美はいぶかしげに眉根を寄せた。

「五階になにがあるんですか？」

「たしか、院長室と倉庫だったはずだけど……」

秀悟と愛美の視線は闇に覆われた上り階段の奥へと注がれる。

「……あのピエロがこの病院に来たのって、……偶然なんでしょうか？」

愛美は独り言のようにつぶやく。その唐突な言葉に、秀悟は「え？」と声を上げると、愛美の横顔に視線を向けた。

「だって、本当ならあのピエロが五階に行く必要なんてないじゃないですか」

「まあ、たしかに……」

「そう言えば、ちょっとおかしかった気がするんです……」

「おかしかった？」

低い声でつぶやいた愛美の言葉を、秀悟はおうむ返しにする。

「ええ、そうです。いま思えば、私を撃って車に押し込んだあと、あの男、ほとんど迷うことなくこの病院に向かっていたような」

「……つまり、最初からこの病院にくるつもりだったと？」

「確実ではないですけど、そんな気が……」愛美はためらいがちにうなずく。

秀悟は鼻の付け根にしわを寄せる。もし愛美の話が正しかったとしたら、話が根本から変わってくる。

秀悟はすぐ脇に置かれていた、看護師が器材を運ぶときに使っているエコバッグを手に取り、その中に持っていたカルテを詰めていく。

「あの、なにを……？」

無言のまま手を動かす秀悟に、愛美が不安げに訊ねる。

「五階にいこう」

「え、五階に？　なんで？」

「君が言うように、もしあのピエロがなにか目的があってこの病院に籠城したなら、その目的を調べた方がいいと思うんだ」

秀悟の説明を聞いた愛美は、一瞬視線をさまよわせたあと硬い表情で「……分かりました」とうなずいた。

エコバッグを肩にかけた秀悟は、警戒しながらナースステーションを飛び出ると、愛美とともに階段を駆け上がった。

五階へ到着した秀悟は、緊張しつつ視線を周囲に這わせる。わずか五メートルほどの廊下の突き当たりには、鉄製の重々しい扉があり、「備品倉庫」と表札がかけられていた。右手にも扉があり、そこには「院長室」の表札がかかっていた。

秀悟は姿勢を低くしながら廊下を進むと、備品倉庫の扉に手をかける。取っ手を押そうとするが、がちりという音とともに強い抵抗があった。どうやら鍵がかかっているようだ。秀悟は二度三度、押したり引いたりをくり返すが、扉が開く気配はなかった。

「開きませんか？」

「ああ、鍵がかかってる」

後ろにいる愛美に答えると、秀悟は院長室の扉に視線を移す。こちらが開かないとなると、ピエロは院長室に入ったのだろうか？

ゆっくりと院長室の前へと移動した秀悟は、大きく息をつくと、扉に手をかける。ほとんど抵抗なく扉が開いた。扉の奥に広がっていた光景を見て、秀悟は目を疑う。

十五畳ほどの部屋はまるで竜巻にでも遭ったかのように荒れていた。本棚の本はあらかた床の上に散らばり、デスクの抽斗《ひきだし》はすべて取り外されている。カーペットはめくれ上がり、ソファーは裏返しになっていた。

ピエロはこの部屋でなにか探していた？　けれど、いったいなにを？

「秀悟さん」扉に手をかけたまま立ち尽くす秀悟の耳元で、愛美が焦燥《しょうそう》を含んだ声で囁《ささや》く。「誰か上がってきます」

「え!?」

秀悟は慌てて耳をすます。愛美の言うとおり、階段からかすかに足音が聞こえて来た。

ピエロが戻ってきたのか？　表情を歪めた秀悟だったが、すぐに自分の予想が外れていたことを知る。足音が大きくなってくるにつれ、男女の話し声が聞こえてきた。田所と東野の声。

三階での処置を終えた二人が上って来ている。いまから階段を駆け下りても、途中で二人と鉢合わせになる。

秀悟はせわしなく辺りを見回す。しかし、身を隠すことができる場所などどこにもなかった。足音はさらに近づいてくる。

しかたがない。秀悟は廊下に置いたエコバッグを摑むと、愛美の手を引いて院長室に飛び込み、扉を閉めた。秀悟は愛美とともに部屋の奥に移動すると、デスクの陰へと身を隠す。

「ここで大丈夫なんですか？」

不安げに訊ねてくる愛美に、秀悟は答えることができなかった。大丈夫なわけがない。その場しのぎもいいところだ。

扉の開く音が聞こえてくる。秀悟は覚悟を決めて目を閉じた。

「……秀悟さん」

耳元で愛美に囁きかけられ、秀悟は瞼《まぶた》を上げる。愛美は人差し指を唇に当て、視線で入り口をさした。秀悟はデスクの陰から顔を覗かせる。入り口の扉は閉まったままだった。

秀悟が眉をひそめると、今度はばたんという重い音が聞こえてきた。秀悟は状況を把握する。

あの二人は院長室の前を通り過ぎ、備品倉庫へ入ったんだ。愛美と顔を合わせてうなずき合った秀悟は、入り口に近づき、わずかに扉を開いて廊下の様子をうかがう。そこに人影は見えなかった。

チャンスだ。秀悟と愛美は部屋から出ると足音を殺しながら階段へと向かう。階段を一段降りた秀悟は、そこで足を止め振り返った。

なぜ田所と東野は院長室ではなく、あの備品倉庫へと向かったのだろう。鉄の扉の奥、そこになにがあるというのだろう？

「秀悟さん、なにしているんですか。早く行かないと」

「あ、ああ。悪い」

愛美に促され、秀悟は階段を降りはじめる。胸の中には、もやもやとした黒いものが渦巻いていた。

2

「どうですか？」

最後のカルテをベッドの上に置いた秀悟に愛美が訊ねる。ベッドに腰掛けた秀悟は大きく息を吐きながらうつむき、顔を左右に振る。

「なにがなんだか……」

三十分ほど前、院長室から二階に戻ってきた秀悟と愛美は、透析室ではカルテが見つかってしまうかもしれないということで、当直室へと移動していた。

「なにか分かったんですか？」

愛美は椅子に座ったまま身を乗り出してくる。秀悟はわずかに顔を上げ、上目遣いに愛美に視線を送ると、白衣のポケットからメモ用紙を取り出した。

「これを書いた奴が、なんでこのカルテを集めるように指示したか分かったよ。この七つのカルテの患者には共通点がある」

「共通点？」

「まず、みんなこの病院で手術を受けているんだ。それも全身麻酔の大きな手術を。

あの『新宿11』と同じようにね」

「それって、おかしなことなんですか？」愛美は小首をかしげた。

「ああ、すごくおかしい。さっき言ったように、こんな療養型病院で大きな手術をやること自体が異常だ。しかも、全部が緊急手術だ。腸閉塞、虫垂炎《ちゅうすいえん》、胆嚢炎《たんのうえん》とかのね」

「はあ……」

愛美は曖昧《あいまい》にうなずく。医療関係者ではない愛美に、それがどれくらい異常かという実感がわかないのもしかたがなかった。しかし、そんな愛美でもすぐに理解できる異常な共通点が、カルテには記されていた。

秀悟は持ってきたカルテに挟まれていた七枚の手術記録を手に取り、愛美に差し出す。

「用紙の一番下に書かれている、『執刀医』と『看護師』の欄を見てみなよ」

秀悟に促された愛美は、記録用紙を受け取るとゆっくりとめくっていく。三枚ほどめくったあたりで、アイシャドーで縁取られた愛美の目が大きく見開かれた。愛美はせわしなく、すべての手術記録に目を通していく。

「これって……」

最後の記録を見終え、震える声でつぶやく愛美に、秀悟は重々しくうなずいた。

「そう、すべての執刀医は院長の田所だ。まあ、それは不思議議じゃない。この病院の常勤医は田所しかいないからね。けれど看護師はあまりにも異常だ。すべての手術に入った看護師が東野と佐々木だけなんて」

七枚の手術記録の「医師」と「看護師」の欄、そこにはすべて同じ名前が記されていた。

「この手術記録が正しいとすると、手術を受けた患者たち全員が、夜間に腹痛を訴えて緊急手術になったことになる。そしてそのとき、病棟を担当していた看護師は佐々木で、器械出しとして東野が呼び出されている」

部屋の空気が重くなっていく。

「これって偶然……じゃないですよね。どういうことなんですか?」

「分からない」

秀悟は頭をがりがりと掻いた。

「ただ、一つ確かなのは、田所たちはなにか隠しているってことだ。そして、誰かがそのことを俺たちに伝えようとしている。たぶんそいつが、『新宿11』の手術痕を開いて、カルテにこのメモ用紙を挟んだ」

秀悟は手にしたメモをひらひらと振る。

「その誰かって、もしかしてあのピエロ……？」

「そうかもしれないし、そうじゃないかもしれない」

秀悟は目の奥に重い痛みを感じ、鼻の付け根をもむ。再び部屋に沈黙が満ちた。

「……私たち、無事に解放されるんでしょうか？」

愛美は蚊の鳴くような声で言った。一瞬の躊躇《ちゅうちょ》のあと、秀悟は「大丈夫だよ」とつぶやく。自分でもおかしく感じるほど上ずった声で。

単純な人質籠城だと思っていた事件の全貌が、この一時間ほどで大きく変わってしまった。

ピエロはもともとこの病院に立てこもるつもりだったのか？　田所たちはこの病院でなにをしていたのか？　誰が「新宿11」の傷口を開き、カルテにメモを挟んだのか？

考えれば考えるほどに混乱していく。

「……秀悟さん、優しいんですね」

唐突にそう言って愛美は微笑んだ。その年齢に見合わぬ妖艶《ようえん》な笑みに、秀悟の胸の中で心臓が小さく跳ねた。

「え？　優しいって……」

「こんな状況なのに、私のこと安心させようとしてくれていることです。それだけじゃなくて、ずっと私のことを守ってくれている。まだすごく怖いけど、秀悟さんがいるおかげで、私、耐えられているんです」

愛美は少し頬を赤らめながらはにかむ。

「いや、それはお互い様で……」

秀悟がそう口にしたとき、愛美は唐突に顔を歪め「つっ……」と呻《うめ》いて腹を押さえた。

秀悟は慌てて立ち上がる。

「傷口が痛む？」

「いえ、ちょっとずきっとしただけで。大丈夫です」

愛美はこわばった笑みを浮かべる。明らかに無理をしているその態度を見て、秀悟はベッドに置いてあったカルテを机の上へ移した。

「横になって」

「え？」ベッドを指さす秀悟を前に、愛美は顔に戸惑いを浮かべる。

「傷口が開いていないか確認しないと。あんなに階段を上り下りさせた俺のせいだ。

ごめん」

「いえ、そんな……。謝らないでください。私が無理言ってついていったんですから」

愛美はおそるおそるベッドに横たわった。

「ちょっと入院着開くよ……」

秀悟の言葉に、頰を桜色に染めた顔をそむけながら、小さくうなずいた。秀悟は軽く頭を振ると、入院着の紐を解《ほど》き、はだけさせる。雪のように白い肌と、桃色のブラジャーが露《あら》わになる。秀悟は視線を愛美の胸元から引きはがし、上腹部のガーゼに意識を集中させた。

「ガーゼを剝《は》がすから、ちょっと痛むけど我慢して」

秀悟はテープを剝がしてガーゼをめくる。その下にある傷口を眺めた秀悟は、細く安堵の息を漏らした。

ガーゼには軽く血が付着しているが、傷口はしっかりと閉じたままだった。

「……どうですか？」愛美が弱々しく言う。

「大丈夫。傷はちゃんと閉じているよ。ちょっと動き回ったせいで疼《うず》いただけだと思う」

秀悟が再びガーゼを固定しながら言うと、愛美の表情が緩んだ。

「ありがとうございます。それで……あの……」

愛美は秀悟から視線を外したまま口ごもる。

「どうかした？」

「もう、服を戻してもいいですか？　……恥ずかしいです」

「あ、ああ。もちろん」

秀悟ははだけさせていた愛美の入院着の前を慌てて合わせる。愛美はベッドに横たわったまま、恥ずかしそうに入院着の紐を結んでいった。

しっかりと紐を結び、上体を起こそうとした愛美は、顔を歪めた。秀悟は愛美の背中に手を置いて、ゆっくりと上体を上げていく。

「横になった状態から起き上がるときは、腹筋を使うから痛むんだよ」

「ありがとうございます。あの、もう大丈夫です」

ベッドの縁に腰掛ける形になった愛美は、顔を上げ秀悟を見た。桜色の口紅がさされた唇がかすかに開き、「……あ」という声が漏れる。至近距離で秀悟と愛美の視線が絡んだ。

お互いの吐息を感じあうほどの距離で潤んだ大きな瞳に見つめられ、秀悟は息を吞む。

「秀悟……さん」

吐息のような甘い囁きが、秀悟の耳をくすぐった。

愛美は瞼を下ろすと、ゆっくりと顔を傾ける。その濡れた唇に引き寄せられるように、秀悟は顔を近づけていった。

二人の唇がかすかに触れた。綿飴《わたあめ》のように柔らかく、そして甘い感触が脳髄を痺《しび》れさせる。

次の瞬間、遠くから「速水先生！」と叫ぶ太い声が響いた。

目を開けた秀悟は、はじかれたようにのけぞって、愛美から体を離す。

「ご、ごめん！」

秀悟は目を伏せると、慌てて謝罪の言葉を口にする。

いったい俺はなにをしているんだ。その場の雰囲気に吞まれて、十歳以上も年齢の離れた女性に手を出そうとするなんて。しかもこんな状況で。

自己嫌悪が心を蝕《むしば》んでいく。

「いえ……あの、気にしないでください。私もぼーっとしちゃって……」

桜色のチークを塗った愛美の頬が、赤みを増していた。

「速水先生、どこにいるんだ！」再びだみ声が聞こえてくる。

「えっと、あの声、院長先生ですよね。それを早く隠さないと」

愛美は机の上に置かれたカルテを指さす。

「あ！　ああ……」

たしかにそうだ。秀悟は机の抽斗《ひきだし》を開けると、慌ててカルテをその中に押し込んでいく。秀悟が抽斗を閉じるのと、当直室の扉が開くのがほぼ同時だった。

「速水先生、こんなところにいたんですか」

当直室に入ってきた田所は鋭い視線を秀悟に向ける。その後ろには東野と佐々木の姿も見えた。

「院長先生。どうかしましたか？」

内心の動揺を必死に押し隠しながら、秀悟は訊ねる。

「さっきから呼んでいるのに、なんで出てこないんですか？」

「え？　呼んでいたんですか？　すみません、声がしているのは聞こえていたんですが、俺を呼んでいるとは思わなかったもので」

しれっと言う秀悟を疑わしげににらんだ田所は、視線を愛美に移す。太い眉がひそめられた。

「二人でなにをしていたんですか？」

「……傷口の診察です。出血したりしていないか、確認していたんですよ。透析室みたいな開けっぴろげな場所だと落ち着かないので」

一瞬言葉に詰まったあと、秀悟は言う。

「……そうですか」

納得したようには見えなかったが、田所がそれ以上追及することはなかった。

「それで、さっきの患者の治療は終わったんですか。結構出血していたみたいですけれど」

「ああ、終わりましたよ。なんの問題もなくね」

「それは良かった」

秀悟は油断することなく言う。田所がわざわざそんなことを報告するためにここに来たわけではないことは、その険しい目つきで明らかだった。

「……速水先生」田所の声が低くなる。「私の部屋に入ったりしていないですか？」

「は？　先生の部屋にですか？」

秀悟はわざとらしくならないように気をつけながら、目をしばたたかせる。

「えっと、院長先生の部屋って、たしか……五階にあるんでしたっけ？」

「……ええ、そうです。この数十分の間に、そこに行ったりしていませんか？」

秀悟の目を真っ直ぐに覗き込みながら、田所は質問を重ねていく。

「いえ、まさか。さっきの男性の治療を先生たちにお任せしてからは、ずっとこの二階にいましたけれど。ねぇ？」

秀悟は振り返って愛美に同意を求める。愛美は「はい」とうなずいた。

「本当ですか？」

田所は一重の目を見開きながら、身を乗り出してくる。秀悟は正面からその視線を受け止めた。

「ええ、本当ですよ。そもそも、なんで俺たちが院長先生の部屋に行くっていうんですか？」

質問を返され、田所のたるんだ頬がぴくりと震えた。その反応を見て、秀悟は確信する。この男、やはりなにかを隠している。

そもそも、ここに来るのが遅すぎる。自分たちが二階に戻ってからすでに三十分以上が経っている。つまり、あの「備品倉庫」と記された扉の奥で、田所はかなりの時間を過ごしていた可能性が高い。

いったいあの奥になにがあるんだ？　秀悟は顎を引いて田所を睨《ね》め上げる。

「院長室でなにかあったんですか？」

黙り込む田所に、秀悟は追い打ちをかけるように質問を重ねていく。

「……院長室が荒らされたんだ」田所はうなるように言った。

「院長室が？　誰にですか？」

「それが分からないからここに来たんですよ」

驚きの表情を作る秀悟に、田所は苦々しく言った。秀悟はすっと目を細くする。

「院長先生、もしかして俺が先生の部屋を荒らしたと？」

「いや、べつにそういうわけでは……」

「いったいなんで、俺が先生の部屋を荒らすんです？」

秀悟は一歩前に出ると、田所は唇を歪めて黙り込んだ。

「最初に疑うべきは、俺じゃなくてあのピエロでしょう」

秀悟が指摘すると、田所は不思議そうに「あのピエロが？」とつぶやいた。

「そうですよ。あのピエロがこの病院に押し入ったのだって、もしかしたら偶然じゃないかもしれないじゃないですか」

秀悟の言葉に、田所は露骨な動揺を見せる。

「なにを言って……、なんであの男がこの病院を……」

しどろもどろになった田所に、秀悟は冷たい視線を浴びせかけた。

「そんなこと俺が知るわけないじゃないですか。俺はバイトの当直医ですよ。この病院のことなんてなんにも知りません」

「本当か、本当になにも……」

完全に冷静さを失って詰め寄ってこようとした田所の肩に、東野が手を置いた。振り返った田所に東野は目配せをする。田所は「……あ」とつぶやいたあと、苦虫を噛み潰したような表情を浮かべた。

「……それじゃあ、速水先生は私の部屋には行っていないんだね」

田所の口調が急に弱々しくなる。

「さっきから何回も言っているじゃないですか。俺は先生の部屋になんて行っていません。そんなことするとしたら、きっとあのピエロですって」

「俺がなんだって？」

秀悟が肩をすくめて言った瞬間、低い声が響いた。全員の視線が声のした方に向く。

扉の外、佐々木の背後にいつの間にかピエロが立っていた。佐々木が甲高い悲鳴を上げて部屋の中に逃げ込んでくる。東野も慌ててそれにならった。

ピエロは相変わらず拳銃を手にしたまま、狭い当直室に詰め込まれた人々を順番に眺めていく。

秀悟は後ろに愛美をかばうようにして立ちながら、ピエロをにらむ。

「おいおい、なんだよお前ら。みんなして黙り込みやがって。質問にはちゃんと答えろって習わなかったのかよ」

ピエロはゆっくりと銃を上げていく。銃口が田所を向いた。

「院長室が荒らされたらしいんだ」秀悟が硬い声で言う。

「ああ、院長室だぁ？」

ピエロは銃口を秀悟へと移動させる。自分に向けられる暗い銃口を見て、秀悟の背筋に冷たい汗が伝った。

「そうだ。五階にある院長先生の部屋が、ついさっき荒らされたらしい。俺がそれをやったって疑われたんで、言い争いになっていたんだ」

からからに乾いた口腔内を舐《な》めながら、秀悟は言葉を重ねていく。ピエロは数回まばたきをすると、くくっとくぐもった笑い声をあげた。

「そりゃ俺だよ、俺がその院長室を荒らしたんだ」

ピエロがあっさりと院長室に侵入したことを認めたことに秀悟は驚く。てっきり自分がやったのではないと言い張ると思っていた。

「なんだよ、お前ら。そんなことで騒いでいたのかよ、馬鹿らしい。全部俺だ。俺がやったんだよ」

「君が……なんで私の部屋を？」

田所は不安の色濃く滲《にじ》む口調で訊ねた。

「なんで？　金のために決まっているだろ」

「金？」田所はいぶかしげにつぶやく。

「そうだよ。金だ。他になんの目的があるって言うんだ？　朝まで時間があるから、この病院でもう少し小遣いが稼げないか見て回っていたんだよ。そうしたら、一番上の階にいかにも金を隠してありそうな部屋があった。だからちょっと宝探しをさせてもらったってわけだ。現金はなかったけどよ、机の抽斗に結構な額の商品券が入ってやがった。なかなか悪くない成果だったぜ」

悪びれる様子もなく、ピエロはいまにも鼻歌を歌い出しそうな態度で言う。

「それじゃあ、私の部屋を荒らした目的は、あくまで金を探すためなんだね？」

「うるせえなあ。だから、そう言ってるじゃねえか」

ピエロがかぶりを振る。それと同時に、田所が小さく安堵の息を吐いたのを秀悟は見逃さなかった。

「まだ隠している金があんなら、さっさと出しちまいな。十分な額があれば、すぐにでも出て行ってやるからよ」

ピエロはそう言うと身を翻す。

「待ってくれ！」

ピエロの背中に向かって、田所が怒鳴るような声をぶつけた。ピエロは振り返ると、銃を上げて田所に狙《ねら》いをつける。田所は慌てて両手をあげた。

「……脅かすんじゃねえよ。思わず撃っちまいそうになっただろう」

「すまない。ただ聞いて欲しいことがあって」

両手をあげたまま、田所は早口で言う。

「聞いて欲しいことだぁ？」ピエロはマスクから露出している目を細めた。

「ああ、そうだ。ただその前に確認させてくれ。十分な金が手に入ったら本当にすぐに出て行ってくれるのか？　たとえば、一時間以内にとか……」

「……ああ、俺が納得できる額を手渡してもらえりゃ、そうしてやってもいい」

金の匂いを感じ取ったのか、ピエロの声が低くなる。

「いくらあればいい？」

田所は両手を下げて顎を引くと、上目遣いにピエロを見る。

「……一千万だな。もし一千万以上の金があれば、すぐにでも出て行ってやるよ」

田所は固く口を結んだままうつむいて、数十秒黙り込む。ピエロは急《せ》かすことなく田所の言葉を待ち続けた。田所はゆっくりと分厚い唇を開いた。

「院長室まで来て欲しい」

院長室にたどり着くと、田所は撃たれた足を引きずりながら部屋の奥へと進んでいく。

田所が「院長室まで来て欲しい」と口にしてから数分後、秀悟たちは銃を手にしたピエロに追い立てられるようにして、階段でこの五階まで上がっていた。

田所に続いて佐々木、東野、愛美、そして秀悟も部屋の中に入る。ピエロは入り口で足を止めた。

田所は部屋の奥、抽斗がすべて取り外されたデスクのそばまで移動した。

「言われたとおり、ついてきてやったぞ。ここになにがあるって言うんだ？」

ピエロがゆっくりとした口調で言った。

「その前に、もう一回だけ確認させてくれ、金が……一千万円以上の金が手に入れば、すぐに出て行ってくれるんだな」

「ああ……」ピエロは顎を引いてうなずく。

「……わかった」

田所は部屋の一番奥隅まで移動すると、その場にひざまずいた。撃たれた足に痛みが走るのか、田所が顔を歪めながらなんの変哲もないフローリングの床を指で押し込むと、カチリという音とともに小さな取っ手が二つ床から飛び出した。田所はその取っ手を指先で摑み、力を込める。五十センチ四方ほどの大きさのフローリングが取り外され、その奥から小さな金庫が姿を現した。田所はズボンのポケットから鍵の束を取り出すと、そのうちの一本を金庫の鍵穴にさし込む。錠が外れる音がやけに大きく部屋の空気を震わせた。

緩慢な動きで開いた金庫の中に両手を突っ込んだ田所は、中から小ぶりなボストンバッグを取り出し、そのチャックを開いた。

中身をなかば予想していたにもかかわらず、秀悟は息を吞まずにはいられなかった。バッグには大量の札束が詰め込まれていた。

田所はバッグの口を大きく開き、ピエロに向かって見せる。

「ここに三千万円ある。これを持っていっていい。だから、すぐに出て行ってくれ！」

田所は顔を歪めながら声を張り上げる。

ピエロはなにも言わなかった。拳銃を構えて秀悟たちを威嚇《いかく》しながら、ゆっくりと部屋の奥まで移動すると、媚《こ》びるような、それでいて泣いているような表情を浮かべる田所を見下ろし、「離れろ」とぼそりとつぶやいた。田所はバッグから手を放すと、慌てて後ずさっていく。

「これは、なんの金なんだ？」

ピエロは金庫を覗き込みながら、平板な声で田所に訊ねた。その口調からは、大金が手に入った喜びは微塵も感じられなかった。

「それは、なんというか……、私の個人的な金で……」

田所は歯切れ悪く言う。

「個人的な金ねぇ。個人的な金を俺に渡そうって言うのかよ。太っ腹だな」

小馬鹿にするように言いながら、ピエロは唐突に銃口を田所に向けた。田所は顔の前に両手をかざす。

「や、やめてくれ。金なら渡しただろ、それを持って出て行ってくれ」

「そんなに怖がるなよな。褒めてるんじゃないか、自分の金を出してまで他の奴らの安全を守ろうなんてな」

「あ、当たり前のことだ。私はこの病院の院長なんだから。この病院にいる全員の安全に責任がある」

体を小さくしたまま田所は言う。その瞬間、ピエロは銃のグリップを勢いよく壁に打ち付けた。重い音が部屋に響く。

「ふざけたことぬかすんじゃねえ！　病院にいる奴らの安全だ？　てめえはそんなこと、これっぽっちも考えていねえだろうが！」

唐突に怒声を上げたピエロに驚き、秀悟は目を見開く。

「ちがう。私は本当にみんなのことを考えて……」

田所が怯えた声でつぶやくと、ピエロは再び銃のグリップで壁を叩《たた》いた。自分が殴られたかのように、田所は体を震わせる。

「くだらない言い訳してるんじゃねえ。いいから正直に答えろ。この金庫に入っていたのは金だけじゃなかったはずだ！」

「金だけだ。本当に金しか入っていなかった。信じてくれ」

「信じられるか！　この金庫に入っていたものをどこに隠した！　言え！　さっさと言うんだよ！」

マスクの口元からつばを飛ばしながら怒鳴る姿は、正気を失っているようにさえ見えた。目を血走らせたピエロは大股に田所に近づくと、その額に銃口を突きつける。

「なに黙ってるんだよ！　言えよ、あの金庫の中にあったものをどこに隠したのか。さもなきゃ……」

ピエロの人差し指が引き金にかかった。撃たれる。そう確信した秀悟は、思わず目を閉じてしまう。

「だめっ！」

よく通る声が部屋に響き渡った。

瞼を開けた秀悟は、声を上げた人物を唖然《あぜん》として眺める。すぐ隣でピエロを睨んでいる愛美を。

「……なんだって？」

ピエロは獣がうなるような声で言うと、銃口を田所に向けたまま愛美をにらみつける。愛美は青ざめ、肩を細かく震わせながらも、目をそらすことはなかった。

「な、なにがあったか、分からないけど。撃っちゃだめ。お願いだから」

息を乱しながら、愛美は途切れ途切れに言う。

「……なにがあったか知らねえなら、引っ込んでろ。てめえには関係ねえ」

脅しつけるように言うピエロ。しかし、その態度には少しずつ冷静さが戻ってきているように見えた。

「だ、だって、さっきあなたが言ってたじゃない。誰かを殺したら死刑になるから、誰も殺したくないって。だから、誰も殺さないで。なんでもするから……」

血の気の引いた顔で愛美は言葉を重ねていく。ピエロは引き金に指をかけたまま、愛美に視線を注ぎ続けた。

触れれば切れてしまうほどに空気が張り詰める。過度の緊張のせいか、秀悟の視界から遠近感が消え去り、ピエロの醜悪な笑顔が迫って来るかのような気がした。

ピエロは大きく舌打ちすると、銃を持っていた手を下げる。同時に部屋の空気が一気に弛緩《しかん》した。呼吸をすることも忘れていた秀悟は、肺にたまった空気を吐き出す。田所がその場に崩れ落ちた。

もう一度大きな舌打ちをしたピエロは、金の入ったバッグを手に取ると、大股に出口へと向かい、部屋から出て行った。

「院長先生！」

ピエロの姿が見えなくなった瞬間、東野が倒れ込んでいる田所に駆け寄る。佐々木も慌てて東野に続いた。

「……よかった」

弱々しくつぶやいた愛美の体がぐらりと揺れる。秀悟は慌てて愛美の肩に手を回して、その体を支えた。

「大丈夫か？」

「大丈夫です。ただ、ちょっと気が抜けちゃって。すみません、恥ずかしいところ見せちゃって」

愛美は弱々しい笑顔を見せる。

秀悟は心からの賞賛を口にする。

「そんなことない。立派だった」

秀悟は心からの賞賛を口にする。あの瞬間、自分は動くことができなかった。それなのに、数時間前にあの男に撃たれるという恐怖を味わった愛美が、最悪の事態を回避した。その外見に似合わない強さに、秀悟は驚いていた。

「院長先生！　院長先生！」

東野の叫び声を聞いて、秀悟は愛美を支えたまま部屋の奥を見る。撃ち殺されかけた精神的ショックのせいか、田所はいまだに軟体動物のように力なく倒れていた。

「とりあえず、愛美さんと院長先生はベッドで休んでもらいましょう。どこかに空いているベッドはないですか？」

院長のそばでまごまごしている東野と佐々木に秀悟は言う。二人の看護師は顔を見合わせると小声でなにか話し合いはじめた。

「……あの、処置用のベッドは一階の外来にしかなくて。けど一階はあのピエロが……。三、四階の看護師控室にソファーならありますけど……」

東野が太い首をすくめながら言う。

「……それじゃあ二階に連れて行って、透析用のベッドで休んでもらいましょう」

ピエロがいる一階に近づくことはできれば避けたかったが、あの男は一階だけではなく、エレベーターを使って病院中を移動できる。どこにいようが危険性にそれほど変わりはないだろう。

東野は数秒躊躇したあとに、「分かりました」とうなずき、佐々木とともに脱力している田所の体を支えて立たせた。

「行こうか。歩ける？」

秀悟は柔らかい声で愛美に訊ねる。

「はい……秀悟さんに肩を貸してもらえたら」

愛美ははにかみながら言った。

3

愛美が横たわっているベッドのそばに置いたパイプ椅子に腰掛けながら、秀悟は鼻の頭を掻く。視線の先には、ベッドに横たわる田所と、不安げな表情でそのそばに立つ二人の看護師の姿があった。透析室の奥にいる秀悟から、階段近くの田所のベッドまでは十五メートルほどの距離があった。看護師たちが大柄な田所の体を必死に支えながら階段を降り、一番近くのベッドに横たえたのを見て、秀悟たちは一番奥のベッドに陣取ることにしたのだ。

田所たちはなにか隠している。そして、ピエロがこの病院に押し入ったのには、その「秘密」が関係している。秀悟はそう確信していた。

精神的なダメージから回復してきたのか、ベッドに横たわったままながらも、田所は看護師たちとなにやら話している。小声でかわされるその会話は、秀悟の耳には届かなかった。

なぜか時々、佐々木がちらちらとこちらを見ているのが気になる。

「……秀悟さん」

愛美に声をかけられ、秀悟はベッドに横たわる愛美に視線を向けた。

「どうかした？　腹が痛むかい？」

「いえ、大丈夫です。それより、なんで院長室であのピエロ、あんなに怒ったんだと思います？」

愛美は声をひそめて言う。

「……分からない。けれど、あのピエロが偶然この病院に押し入ったわけじゃないのは確実だと思う」

「あのピエロ……なにか探していますよね。お金じゃないなにかを」

愛美は視線を田所たちに向ける。こちらを見ていた佐々木が、慌てて顔を背けた。

「ああ。そしてたぶん院長は、あのピエロがなにを探しているか見当がついている」

「集めたカルテに書かれていたことが関係しているんですか？」

愛美に言われ、秀悟は七人の患者の手術内容を思い出す。

「……多分ね」

秀悟は脳に鞭《むち》を入れて、この病院で起きていることを整理しようとする。

ピエロの男、七人の患者、鍵のかかった倉庫、隠し金庫……。脳内を様々なパーツが漂うが、それらをつなぎ合わせる要素が決定的に足りなかった。

田所は東野と顔をつきあわせて話し込んでいる。一歩離れた位置に立つ佐々木がまた横目でこちらを見てくる。秀悟と佐々木の目が合った。

一瞬顔を伏せた佐々木は、田所が横たわるベッドからじりじりと離れると、ゆっくりとこちらに近づいてきた。よほど話に集中しているのか、田所と東野が佐々木を見ることはなかった。

「……院長先生の状態はどうですか？」

すぐそばまでやって来た佐々木に、秀悟は機先を制するように当たり障りのない質問をぶつけた。

「もう大丈夫みたいです。ご心配おかけしました」

おどおどとした態度で言う佐々木の全身に、秀悟は視線を這わす。この幸薄《さちうす》そうな看護師がなんの目的で近づいて来たのか、その意図をはかりかねていた。

「それで、なにかご用ですか？」

「いえ、そちらの女性の容態は大丈夫かなと思いまして……」

秀悟の問いに佐々木は顔を伏せて、聞き取りにくい声で答える。

「私ですか？　はい、まだ少し痛みますけど、大丈夫です。ご心配かけてすみません」

愛美は自分を指さしながら首をすくめた。そんな愛美を佐々木は凝視する。

「あの、私がなにか？」愛美は首をすくめたまま、不思議そうに言う。

「いえ、なんでもありません。……すみません」

佐々木は一瞬、ベッドから離れようとするが、次の瞬間、思い直したように愛美の耳元に口を近づけてなにか囁いた。

「え？　あの……なんのことでしょう？」愛美はいぶかしげに眉をひそめた。

「いえ、なんでもないんです。気になさらないでください。すみません、変なこと言って」

佐々木はつむじが見えるぐらいに頭を下げると、小走りで離れていった。その背中を見送りながら、秀悟は首を捻《ひね》る。結局なんの目的で佐々木が近づいて来たか分からなかった。

「なんだって？」

向き直った秀悟が訊ねると、愛美も同じように首を捻った。

「いえ、よく分かりません。なにか『もう一人いる』とか、『院長に気をつけて』とか言ってきて」

「もう一人いる？」「院長に気をつけて？」。いったいどういうことなんだ？

佐々木は田所のベッドの近くまで行くが、真剣な表情で話し合っている二人に話しかけることができないのか、どこか所在なさげにたたずんでいた。

数十秒その場で立ち尽くした佐々木は、今度はふらふらと階段に近づき、ゆっくりと上りはじめる。

いったいどこへ行こうとしているのだろう。状況が少し落ち着いたので、入院患者の様子でも見に行くのだろうか？

ベッドが軋《きし》む音がして、秀悟は首を回す。いつの間にか愛美がベッドから降りようとしていた。

「どうかした？」

秀悟が訊ねると、愛美は「いえ、ちょっと……」と言葉を濁し、靴を履く。

「え？　どこに？」

「あの……。すぐに戻ってきますから……」

はっきり答えない愛美に、秀悟は不安を感じる。

「一人じゃ危険だ。俺も一緒に行くよ」

「いえ、ちょっとそういうわけには……」

「どうしたんだよ、急に。さっきまでは一人で行動するのをあんなに怖がっていただろ。もしかして、さっきのナースになにか言われたのか？」

まさか愛美は、佐々木の後を追うつもりなのだろうか？

「いえ、看護師さんは関係ないです。ただ、ついてきてもらうのはちょっと問題があって……」

「どこに行くつもりなのかぐらい教えてくれ。そうじゃなきゃ……」

「お手洗い……」

愛美の蚊の鳴くような声が、語気を強めた秀悟の言葉を遮る。秀悟の喉から「は？」と呆《ほう》けた声が漏れる。

「だから、お手洗いに行きたいんです！　恥ずかしいからついてこないでください。すぐに戻ってきますから」

愛美は顔を赤らめながら言う。

「あ、あの、……それならごゆっくり」

「……知りません！」

頬を膨らませた愛美は大股に数メートル先にある扉に近づき、その中へと消えていった。あの先には当直室とトイレしかない。危険はないだろう。

怒らせたかな？　引きつった笑みを浮かべながら、秀悟は田所と東野を見る。

佐々木が囁いたという言葉が頭に浮かんだ。

「もう一人いる」、そして「院長に気をつけて」。

もしかしたら佐々木は、なにか警告しようとしていたのではないか。そして、話しはじめたところで思いとどまった……。そう考えると、さっきの佐々木の行動もしっくりくるような気がした。

秀悟はほとんど無意識に椅子から立ち上がると、田所のベッドへ向かって歩いていく。近づくと、田所と東野は話をやめて秀悟を見上げた。

「速水先生、なにか？」

田所は一目で作り笑いと分かる笑みを浮かべてくる。その表情が秀悟を苛立たせた。

「なにを隠しているんですか？」

秀悟はなんの前置きもなく、直球の質問をぶつける。田所と東野の表情筋が同時にぴくりと震えた。

「隠しているってなんのことですか？」

田所は笑みを浮かべたまま言う。しかし、その頬が明らかに引きつっていた。

「なんのことか聞きたいのはこっちですよ。あのピエロは金以外のなにかを探していました。あいつはいったいなにを探していたんですか？　あいつの目的はいったいなんなんですか？」

秀悟が問い詰めると、田所の表情から潮が引くように笑みが消えていった。

「おかしなことを言わないでくれ。あの頭のおかしい男の目的なんて、私に分かるわけないじゃないか」

「いえ院長先生、あなたはきっと分かっているはずだ。あのピエロの目的を」

秀悟は田所に顔を近づけていく。ベッドの上で田所は軽くのけぞった。

「あのピエロは頭がおかしくなんてない。強盗に失敗してこの病院に押し入ったって言うのもきっと嘘だ。あいつは計画的にこの病院に籠城した。あなたがさっきから必死に隠そうとしている『なにか』を見つけるために」

秀悟は田所と東野に、交互に視線を送る。二人の口は固く閉ざされていた。どんなことがあっても「秘密」を喋るつもりはないという強い意志が、その態度から見てとれた。秀悟は苛立ちながら言葉を続ける。

「さっき三階で倒れていた男、もしかしたらあの人が関係しているんじゃないですか？」

田所と東野の顔に一瞬動揺が走った。

秀悟は次の手を考える。「新宿11」をはじめとした七人の患者たちが怪しげな手術を受けていたこと、それを指摘するべきだろうか？　そこまで追い詰めない方がいい気もする。さっき田所は撃たれかけても「秘密」について喋らなかった。もし七人の患者のカルテを読んだことを知ったら、どんな行動に出るのか想像できない。少なくとも、いまの時点で田所たちと決定的に敵対するのは避けたかった。いま一番大切なことは「秘密」を解き明かすことではなく、全員無事に朝を迎えることだ。

秀悟と二人はにらみ合ったまま動かなくなる。じりじりと身を焦がすような膠着《こうちゃく》状態。

「秀悟さん？」

突然、肩を叩かれ、秀悟は声にならない悲鳴を上げながら振り返る。背後に愛美が小首をかしげながら立っていた。

「お、脅かさないでくれ……」

秀悟は右手を胸に当て、心臓の鼓動を抑えながら言う。田所たちに意識を集中しすぎて、愛美が近づいてきたことに気づかなかった。

「べつに脅かすつもりなんて……」愛美は不満げに口を尖らせる。

「いや、ごめん。ちょっと驚いて……」

秀悟は慌てて取り繕う。愛美の登場でこわばっていた空気が弛緩する。田所と東野も、毒気が抜かれたような表情を浮かべていた。

「あっちに戻りましょう」

愛美は秀悟を促す。

「あの、えっと……、川崎さんだったかな?」

おずおずと田所が愛美に声をかけた。

「はい、なんでしょう」

愛美が足を止めると、唐突に田所は勢いよく頭を下げた。禿げた頭頂部が秀悟たちに向けられる。

「さっきは助けてくれてありがとう」

予想外の田所の行動に、秀悟はまばたきを繰り返した。愛美は胸の前で両手を振って、「いえ、そんな……」とつぶやく。

「君のおかげで私は撃たれずにすんだ。君は命の恩人だ。本当にありがとう。さっきから言おう言おうと思っていたんだけど、伝えるタイミングがつかめなくて」

田所は頭を上げることなく礼を口にし続ける。

「そんな。私は思わず叫んじゃっただけです。そんなお礼なんて……。頭を上げてください」

戸惑う愛美の前で、今度は東野まで頭を下げだした。

「私からもお礼を言います。院長先生を助けてくださってありがとうございました」

「あの……、本当にそんな……」

愛美は助けを求めるように秀悟に視線を送る。秀悟は肩をすくめながら苦笑を浮かべた。そのとき、階段の方から足音が聞こえてきた。佐々木が戻ってきたのだろう。何気なく階段を見た秀悟の顔が凍りついた。

愛美が小さく悲鳴を上げ、田所と東野が大きく息を呑む。階段を上がってきたピエロの男を見て。

一階と二階を繋ぐ階段は南京錠で封鎖されているはずだ。わざわざ開けて上ってきたのだろうか。

「……なんの用だ?」

愛美を背後に隠しながら、秀悟はゆっくりと訊ねる。しかし、ピエロがこれまでのような軽薄な返答をすることはなかった。明らかに雰囲気が変わったピエロを前にして、秀悟の胸で心臓の鼓動が加速していく。

「ああ、ちょっと時間潰しがしたくてな。朝まではまだ時間があるだろ」

ピエロの目がすっと細くなる。不吉な予感が秀悟の背中に走った。

「時間潰しってどういう意味だ？」

「お前には関係ねえよ」

ピエロは低い声で言うと、拳銃を秀悟に向けた。

「どきな、俺は後ろの女に用があるんだ」

ピエロは拳銃を上げたまま、ゆっくりと近づいてくる。秀悟は愛美の前に立ったまま歯を食いしばった。

「彼女になんの用なんだ」

「だから、お前には関係ねえって言っているだろ。さっさとそこをどけよ。さもなきゃ……撃つぜ」

ピエロは引き金に指をかけた。秀悟の全身に緊張が走る。そのとき、背後にいた愛美がするりと秀悟の前に出た。秀悟は慌てて、再び愛美の前に出ようとする。しかし銃口を向けられ、その動きは制される。

「わ、私に、……なんの用ですか？」

声をかすれさせながら、愛美は気丈に言う。ピエロは拳銃で秀悟の動きを止めたまま近づいてくると、顔を近づけて愛美をなめ回すように見た。

「さっきは偉そうなこと言ってくれたな。なんだっけか？『なんでもする』だっけ？　いい心がけじゃねえか」

なぶるような口調で言うピエロの前で、愛美は唇を嚙んだままうつむく。

「ちょっと考えたんだけどな、なんでもしてくれるなら、ちょっと頼みたいことがあるんだよ」

ピエロは左手を伸ばし、愛美の長い黒髪に触れる。

「……なんですか？」

愛美は顔を背け、か細い声で答える。

「朝までの時間、俺の相手をしてくれよ」

「相手って……」

愛美の顔が恐怖に歪んだ瞬間、ピエロは左手で愛美の手首を摑んだ。

「ガキじゃねえんだから、意味分かんだろ。一階に来て、朝まで俺を満足させろって言っているんだよ！」

「いやっ！　はなして！」

愛美が身をよじるが、屈強なピエロはその抵抗さえも楽しんでいるかのように見えた。

「いいぜ、いくら抵抗したってな。その方が楽しいぐらいだ」

ピエロが言った瞬間、秀悟は地面を蹴っていた。

脳の奥底から噴出した怒りで、理性は完全に吹きとんでいた。ただ目の前のピエロを殴り倒し、愛美を助ける。そのことしか考えられなかった。

激情によりせばまった視界の中心で、ピエロが振り返って目を見開く。秀悟は握りしめた拳を、ピエロの横っ面にたたき込んだ。その瞬間、左のこめかみに衝撃が走り、視界が白く染め上げられる。

なにが起こったのか分からなかった。どこか遠くから「秀悟さん！」と呼ぶ愛美の声が聞こえた。

もやがかかったような視界の中に、靴が入ってくる。秀悟は視線をその靴からゆっくりと上げていく。ピエロが顔を覗き込んできているのに気づき、秀悟はようやく気づく。自分が床に倒れ伏せていることを。ピエロを殴った瞬間、銃のグリップで側頭部を打ち付けられたのだろう。

秀悟は両手で体を起こそうとする。しかし、脳と体を繋ぐ神経が断線してしまったかのように、力が入らなかった。

脳震盪《のうしんとう》を起こしている。当分はまともに動けない。医師としての経験が、自分の状態を把握させる。絶望が心を蝕んでいった。

もう愛美を助けることができない。このままでは愛美はピエロのおもちゃにされてしまう。

「てめえ、よくもやってくれたな」

秀悟を見下ろしながら、ピエロは銃口を向けてくる。秀悟の視線と意識は銃口に縫い付けられた。

「やめてください！」

引き金が絞られていくと同時に、どこからか愛美の声が聞こえた。秀悟は唯一自由になる目だけ動かして、愛美の姿を探すが、見つけることはできなかった。

「言うこと聞きますから、その人を殺さないで」

感情を押し殺した平板な声で愛美は言う。「だめだ！」と秀悟は叫ぼうとした。しかし、舌がこわばって声を出すことはできなかった。怒りで歯がむき出しになっていたピエロの口元が、笑みを作っていく。

「おい、聞いたかよ。この女、自分から俺の相手をしてくれる気になったみたいだぞ」

嘲笑するようなピエロのセリフ。怒りがわずかに、断線している脳と体を繋ぐ。秀悟は震える手をピエロの足に伸ばした。手から逃れるように、足が大きく後ろに引かれる。

「お前はゆっくり眠っていろよ」

その言葉とともに、引かれた靴先が勢いよく秀悟の顔面に迫ってきた。秀悟はまばたきもせず、その光景をただ眺めることしかできなかった。

鈍い音とともに秀悟の意識は闇の中へと落ちていった。

声が聞こえる。女の声が。

愛美の声？　いや、違う。年配の女の声だ。

「……先生。速水先生」

意識がゆっくりと覚醒していく。秀悟が瞼を開くと、真っ白な光を放つ蛍光灯が視界に入る。まぶしさに秀悟は目を細めた。

「ここは……？」

つぶやいた瞬間に、頭に鈍痛が走った。秀悟は顔をしかめながら状況を把握しようとする。視界の隅から、東野が顔を覗かせた。秀悟は自分が床の上に倒れていることに気づく。

「気づきましたか？　自分がどこにいるか分かりますか？」東野が訊ねる。

「どこ？　ここは田所病院で……」

そこまで言ったところで、今度は田所の顔が視界に入ってきた。どうやら、床に倒れたまま二人に見下ろされているようだ。

「見当識《けんとうしき》は大丈夫そうですね。それじゃあ、なにがあったか覚えていますか？」

東野は質問を重ねる。

なにがあったか？　たしかピエロが病院に押しかけてきて、そいつが連れてきた怪我をした女性を……、愛美を……、愛美⁉

秀悟は大きく目を開くと、勢いよく上体を起こす。一瞬、めまいと頭痛に襲われるが、そんなことは気にならなかった。

「愛美は？　彼女はどこですか！」

秀悟が声を枯らしながら叫ぶと、東野と田所は同時に目を伏せた。その態度で十分だった。愛美はあのピエロに連れ去られたのだ。頭にかかっていた霞《かすみ》が一瞬にして晴れる。

「俺はどれくらい気を失っていましたか？」

秀悟は東野の腕を摑みながら叫ぶ。

「……五分ぐらいです」

東野は視線をそらしたままつぶやく。五分。五分ならまだ間に合うかもしれない。秀悟は立ち上がる。その瞬間、視界がぐらりと揺れ、膝から力が抜けた。崩れ落ちそうになる秀悟を東野と田所が慌てて支える。

「だめですよ、脳震盪を起こしたんですから。もっと休まないと」

東野が子供に言い聞かす母親のような口調で話す。

「休む？　彼女があいつに連れて行かれたんですよ！」

秀悟が叫ぶと、東野は唇をへの字に曲げて黙り込んだ。

「助けにいかないと……」

秀悟は二人の手を振り払うと、すぐそばにある階段に向かおうとする。しかし、雲の上でも歩いているかのように足下が定まらなかった。焦燥が胸を焼く。

「……しかたがないじゃないですか」

ぼそりと、独り言のように東野がつぶやく。その言葉を聞いた秀悟は唇を歪めた。

「しかたがないってどういう意味ですか！」

「そのままの意味ですよ。そりゃあ私だって、かわいそうだと思いますよ。けれど、相手は拳銃を持っているし、それに、べつに殺されるわけじゃ……」

秀悟はほとんど無意識のうちに、東野の白衣の襟を摑んでいた。

「殺されなきゃいいって言うんですか！　彼女は俺の患者だ。絶対に助ける！」

東野は秀悟の手を無造作に払った。

「だから、どうやってですか。助けられるなら、私たちだって助けていますよ！　私たちだって辛いんですよ。自分だけいい格好しないでください」

東野の言葉に、秀悟は唇に歯を立てる。犬歯が食い込み、唇を薄く破った。口の中に広がる血の味とともに、鋭い痛みが走る。その痛みが、沸騰する脳をわずかに冷ましてくれた。

いまは東野と言い争っている場合じゃない。どうやって愛美を助けるか。それだけを考えなくては。

あの男は拳銃を持っているうえ、体力もある。脳震盪の影響が残る状態では、まずかなわないだろう。なにか武器になるものを探すか？　けれど、拳銃に対抗できる武器なんて……。

考えろ！　考えるんだ！　どうすれば愛美を助けられるのか。

「速水先生、残念だけど、ここは……」

田所がおずおずと声をかけてくる。

うるさい！　邪魔をするな！　田所をにらみつけた秀悟の脳裏に、あるものの映像がはじけた。

「……スマートフォン」秀悟はぼそりとつぶやく。

「は？」

いぶかしげに目を細めた田所の両襟を秀悟は掴んだ。田所の顔に恐怖が浮かぶ。

「な、なにをするんだ!?」

「スマートフォンだ！　俺のスマートフォンを返してください！」

つばを飛ばしながら、秀悟は声を荒らげる。

「スマートフォン？　そんなものをなんで？」

「説明している暇なんてないんですよ！　早く！」

秀悟は田所の体を前後に揺らす。田所の頭部が大きく揺れた。

「わ、わかった。わかったから放してくれ……」

田所がそう言うのを聞いて、秀悟は手を放す。大きく息をついた田所は、乱れた白衣の襟を正そうとする。

「早くしてください！」

秀悟の怒声に体を震わせると、慌てて田所は白衣のポケットに手を入れ、そこから秀悟のスマートフォンを取り出した。

秀悟は田所に向かって手を伸ばす。しかし、田所はその手にスマートフォンを渡そうとしなかった。

「これで、いったいなにをするつもりですか？」

「そんなことといいから、さっさと渡してください」

秀悟は田所に詰め寄るが、田所はスマートフォンを持つ手を背中に隠す。

「まさか、警察に通報するつもりじゃないだろうね？」

「いいから早く！」

秀悟の声が空気を震わせる。しかし、田所がひるむことはなかった。

「通報するつもりなら渡せない。これでなにをするつもりなのか教えてくれ」

「どうせ、通報なんかできない！　さっきから、ずっと圏外だよ！」

秀悟のセリフに、田所は目を大きくしてスマートフォンを目の前に持ってくる。

その瞬間、秀悟はその手からスマートフォンをもぎ取った。

秀悟は電波状況を確認する。やはり液晶画面には「圏外」と表示されていた。これでは使い物にならない。けれど、やるしかない。

秀悟は覚悟を決めると、階段に向かって歩きはじめた。ふらついていた足にもある程度力が入るようになってきていた。

秀悟は足を踏み外さないように注意しながら階段を下りていく。踊り場で折り返すと、階段入り口の鉄格子が閉まっているのが見えた。外来待合室の明かりは消えている。

「出てこい！」

階段を下りきった秀悟は、鉄格子を摑むと声の限り叫ぶ。鉄格子越しに見える範囲には、ピエロと愛美の姿は見えなかった。力いっぱい鉄格子を揺らす。ガチャガチャと耳障りな音が周囲に響く。

「出てこいって言っているだろ！　さもなきゃ、大変なことになるぞ！」

秀悟は喉を枯らして叫ぶ。脳裏によぎる最悪の事態を必死に振り払いながら、秀悟は声を上げ続けた。

一分ほど叫び続けたところで、小さな足音が鼓膜を揺らした。秀悟は口をつぐみ、一段階段を上がって鉄格子から離れる。鉄格子の奥にピエロが姿を現した。

「なんなんだよ、うるせえなあ。いいところだったのに集中できねえだろ」

拳銃を持った手で、ピエロは緩めたベルトを調整する。全身の血が逆流するかのような感覚が秀悟を襲った。

「彼女は……無事か？」

秀悟が喉の奥から声を絞り出すと、ピエロが小さく笑い声を上げた。

「ちょうどいまからはじめるところだよ。てめえを追っ払ったら、二人で楽しい時間を過ごさせてもらうぜ」

「……彼女はどこだ？」

「いまごろ奥にあるベッドで、俺が戻ってくるのを待っているよ。あそこを濡らしながらな。いいから、てめえは上の階で大人しくしとけよ。そうすりゃ、誰も死なないで済むんだ。あの女の面倒は俺がしっかりと見ててやるからよ」

ピエロはからかうように言う。再び我を忘れて殴りかかりそうになるのを、秀悟は歯を食いしばって耐えた。

「……彼女をここに連れてこい」

ピエロをにらみつけながら、秀悟はゆっくりとした口調で言う。ピエロのくぐもった笑い声が止まった。

「……お前、なに言ってんだよ？」

「彼女を連れてこいって言ったんだ。いますぐに」

秀悟が言い終えると同時に、ピエロは銃口を秀悟に向けた。

「なに命令してんだよ。命令するのは俺だ！　お前らは大人しく俺に従っていりゃいいんだよ！」

「……彼女を連れてこい」

秀悟は同じ言葉をくり返す。ピエロの口元から歯ぎしりの音が響く。

「いい加減にしろよ、てめえ。撃たれたいのかよ」

ピエロは引き金に指をかけた。秀悟は恐怖心を必死に押さえ込みながら、手にしていたスマートフォンを掲げた。ピエロの視線がスマートフォンに注がれる。

「なんだそりゃ」

「見れば分かるだろ。スマートフォンだよ。高校の同級生に警察官がいるから、そいつあてにメールを打ったんだ。強盗犯がこの病院に籠城しているってな」

「なんだと！」ピエロは目を剝《む》く。

「安心しろよ、まだ送信していない。けれど、俺がボタンに触れれば即送信だ。大量の警察官がここを包囲するぞ。それが嫌なら、今すぐ彼女を連れてこい」

秀悟はスマートフォンの画面に視線を向ける。そこには通常の待受が表示されていた。メールも、同級生に警官がいるのもでまかせだった。そもそも電波のない状態では、メール自体が送れない。

秀悟はつばを飲んでピエロの反応を待つ。もし、電波が圏外になっているのがピエロの手によるものだったら、こんなはったりが通用するはずもない。しかし、今はこのはったりを押し通すしかなかった。

息が詰まりそうな数十秒の沈黙、そしてピエロがゆっくりと口を開く。

「……お前がそのボタンを押す前に、撃ち殺すこともできるんだぞ」

かかった！　ピエロの返答を聞いて、秀悟は内心で喝采を上げる。

「撃たれても、死ぬ前にメール送信ぐらいできるはずだ。試してみるか？」

挑発的な秀悟の言葉に、ピエロは大きく舌打ちする。

「ふざけんな！　最初に言っておいたよな。もし通報したら、お前らを皆殺しにするってな、それでもいいって言うのかよ」

にらみつけてくるピエロの視線を、秀悟は真っ正面から受け止めた。

「できるもんならやってみろ。そうなれば、お前も道連れだ。この場で射殺されるか、何年も拘置所で過ごした後に吊られるかは知らないけれどな」

「……お前、正気かよ？」

　気圧《けお》されたのか、ピエロの口調に迷いが生じる。

「正気かどうかなんてどうでもいいんだよ。彼女をここに連れてこない限り、俺は通報する。そうしてお前を道連れにしてやる。彼女を解放するか、それとも通報されるか、好きな方を選べ！」

　一息に叫ぶと、秀悟は乱れた呼吸を整えながらピエロの反応を待つ。憎々しげに秀悟をにらんでいたピエロが、皮肉っぽく唇を歪めた。

「……お前、惚れたのか？」

「なんの話だ？」虚を衝《つ》かれ、秀悟は眉根を寄せる。

「お前、あの女に惚れたんだろ。じゃなきゃ、なんで今日会ったばかりの女のために、そんなに必死になっているんだよ」

　愛美に惚れた？　秀悟は自らの胸の内を探っていく。自分がなぜここまで必死に愛美を助けようとしているのか。ただ目の前でか弱い女性が襲われそうになっているからか？　自分が治療した患者だからか？　それとも……。答えは見つからなかった。

「はっ、たしかに面《つら》はなかなかいいけどな、あいつはなにも特別じゃねえぜ。その辺に転がっている女の一人だ。街であの女とすれ違っても、お前は振り返りもしねえよ」

「……だったら、なんだって言うんだ」

「お前が命をかけてまで助ける価値なんてねえ女なんだよ、あいつは。お前は異常な状況であの女に会った。だから運命みたいなものを感じて、あの女に夢中になっているんだ。お前があの女に対して抱いてる感情なんて幻なんだよ」

そこまで言うと、ピエロは唇の片端を持ち上げる。

「だから、大人しく上で待ってな。あの女がどんな目に遭おうがお前にはなんの責任もないんだからよ」

スマートフォンを掲げたまま、秀悟はピエロをにらみ続ける。

「……言いたいことはそれだけか？」

秀悟の口から感情を含まない、乾燥した声が漏れる。ピエロは肩をすくめると「ああ、それだけだ」と答えた。

「それじゃあ、一分以内に彼女をここに連れてこい。さもないと俺はメールを送信する。脅しじゃないぞ。一分以内だ」

笑みを形作っていたピエロの唇が、歯茎があらわになるほどめくれ返る。

「この馬鹿野郎が！」

悪態をつくと、ピエロは身を翻し、消えていった。秀悟は油断することなくその場で待ち続ける。やけに時間の流れが遅く感じた。

そろそろ一分経つ。そう思ったとき、少し離れた位置から小走りに近づいてくる足音が聞こえて来た。秀悟は再び鉄格子に手をかける。

「秀悟さん！」

その声とともに、愛美が鉄格子の奥に姿を現した。その顔を見て、秀悟は表情を歪める。愛美の左頰が赤くなり、少し腫《は》れていた。それは明らかに殴られた跡だった。

「愛美！」

秀悟が思わず名前を呼び捨てにすると、愛美は鉄格子越しに両手を伸ばし、秀悟に抱きついた。愛美の体温、吐息、頰に当たる髪の感触。そのすべてを愛おしく感じる。

「大丈夫か？」

秀悟が訊ねると、愛美は抱きついたまま何度もうなずく。

「けれど、その頰は……」

秀悟は少し身を引くと、赤く腫れた愛美の頬に手を添わせた。

「あの男がベッドに押し倒してきて、必死に抵抗したらちょっと殴られちゃって。けど大丈夫、……秀悟さんが来てくれたから」

「おい、いつまでラブシーンやるつもりだよ」

低い声が響き、秀悟と愛美は体をこわばらせた。いつの間にか、愛美の三メートルほど後ろにピエロが立っていた。

「約束どおり女を連れてきたぞ。これで通報しないんだな」

「まだだ。彼女の安全が確保されてからだ」

秀悟は愛美から体を離すと、再びスマートフォンを掲げる。

「じゃあどうすりゃいいんだよ？」

ピエロは投げやりにかぶりを振る。秀悟は愛美と視線を合わす。

「奥のエレベーターを使って二階へ上がるんだ。そして、階段を下りてここまで来てくれ」

愛美はうなずくと、名残惜しそうに秀悟の首から手を離し、走り出した。愛美が見えなくなり、足音が遠ざかっていくのを聞きながら、秀悟はピエロをにらみつける。

「お前は彼女がここにくるまでそこで動くな。もし動いたら……」

「通報するって言うんだろ。何度も同じことくり返すんじゃねえよ」

ピエロはマスクの上から頭を掻きはじめた。

粘着質な時間が流れていく。無言のピエロと対峙した秀悟は、ゆっくりと口を開いた。

「……なにが目的なんだ？」

「あ？　なんだって？」苛立たしげに頭を掻いていたピエロの手が止まる。

「お前の目的だよ。なんでこの病院にやってきたんだ。偶然ここを見つけたなんて嘘なんだろ」

秀悟の質問にピエロはなにも答えなかった。

「お前の目的は金なんかじゃない。この病院の『秘密』をあばくためにここに押し入った。そうなんじゃないか？」

早口に言った秀悟は、大きく一息ついてピエロの回答を待つ。ピエロの口からくぐもった笑い声が漏れはじめる。

「お前、なに言っているんだよ？　目的は金に決まってんだろ。そうじゃなきゃ、なんでコンビニ襲って、あの女を撃つっていうんだよ。くだらねえサスペンス映画の見過ぎなんだよ」

　嘲笑するような口調のピエロの言葉を聞いて、秀悟は口元に力を込める。たしかにピエロの目的が田所たちが必死に隠そうとしている「秘密」だとしたら、コンビニ強盗をしたり、愛美を撃つ理由がない。本人の言うように、この男は考えの足りない粗暴犯なのだろうか？　それとも……。

「秀悟さん！」

　秀悟が考え込んでいると、上方から声が聞こえてきた。振り返ると、踊り場で愛美が秀悟を呼んでいた。

「……さっさと行けよ」

　ピエロは押し殺した低い口調で言う。

「さっさと行って、朝までおとなしくしていろ。朝までには終わるからよ。……全部な」

　ピエロはそう言い残すと、足早に秀悟の視界から消えた。「朝までには終わる」、ピエロが最後につぶやいたその言葉がなぜか無性に不安をかき立てた。

　秀悟は鉄格子の奥を見たまま、ゆっくりと階段を上がっていく。踊り場にたどり着くと、待っていた愛美が首筋にしがみついてきた。長い黒髪から、薔薇《ばら》の香りが漂う。秀悟は細かく震える愛美の体を抱きしめた。

「大丈夫、もう大丈夫だから」

絹のような手触りの、愛美の髪を撫でながら言う。愛美はうなずくと、秀悟の胸元に顔を埋め、肩を震わせはじめた。

「……怖かった。すごく怖かったけど、……秀悟さんが、きっと助けてくれるって……」

「大丈夫、君は……俺が守るから」

秀悟は愛美の華奢《きゃしゃ》な体に両腕を回した。

数十秒抱き合い、どちらからともなく体を離した二人は、一瞬見つめ合うと同時に目を伏せる。

「……なんか、照れますね」愛美は頬を赤く染めながら言う。

「えっと……それじゃあ、上の階に戻ろうか」

秀悟が言うと、愛美は笑顔でうなずく。二人は寄り添いながら階段を上っていった。

二階のフロアに到着すると、田所と東野が近寄ってくる。二人は慌てて体を離した。

「大丈夫でしたか？」

「……はい、大丈夫でした」

東野の問いに、愛美は硬い口調で答えた。自分が襲われたとき、なにもしようとしなかった田所と東野に対して、複雑な感情を抱いているのかもしれない。そして、それは秀悟も同じだった。

「な、なんにしろ、無事でよかったです」

取り繕うように東野は言う。秀悟と愛美はなにも答えなかった。湿った空気が辺りに充満してくる。

「あ、そう言えば、佐々木ちゃんはどこ行ったのかしら？」

胸の前で柏手《かしわで》を打つように手を合わせると、東野は辺りを見回して露骨に話題を変える。

「さっき、上の階に行きましたよ。倒れていた患者さんの様子でも見に行ったんじゃないですか？」

どうやら佐々木が階段を上って行ったことに気づいていなかったらしい。田所との話し合いによっぽど集中していたのだろう。

「えっと……私はちょっと佐々木ちゃんを探してきますね」

逃げ出すように、東野は肉がつき過ぎの体を揺らしながら、階段へと向かった。

東野の背中が階段の奥へと消えていくのを見送ると、秀悟は田所と対峙する。

田所は顔を上げて秀悟を見る。その表情はこれまでになく固かった。

「……通報はしていないだろうね?」田所は低い声で言う。

「していませんよ。さっき言ったでしょ、電波が圏外だって。そう言って脅しただけです」

秀悟の言葉を聞いて田所の表情が一気に緩む。逆に秀悟の顔の硬度が上がった。

「なんで、そんなに通報されることに怯えているんですか?」

「それは……もしそんなことになれば。スタッフと患者たちが危険に……」

「嘘だ!」

同じ主張をくり返す田所のセリフを、秀悟は一言で切り捨てると、愛美を指さす。

「あなたは彼女が連れ去られたときも、彼女を助けることより、通報されないことを優先していた。あなたは人質の安全のためじゃなく、自分のために通報を妨害しているんだ!」

秀悟の言葉に反論しようとするかのように田所の口が開く。しかし、その口から言葉が漏れることはなかった。秀悟は追い打ちをかけていく。

「あのピエロの目的ははっきりしないけど、俺はあなたが必死に隠そうとしていることが関係していると思っています。つまり、俺と彼女は関係ないのにあなた方のごたごたに巻き込まれたってね」

早口で吐き捨てるように言いながら、秀悟は考える。田所もピエロも携帯が圏外になっていることに気づいていなかった。なら、いったいなぜ電波が入らなくなったのだろう？　てっきりどちらかが電波を妨害する装置でも使っていると思っていたのだが……。

考えをまとめていた秀悟の鼓膜を、悲鳴が揺らした。おそらくは東野の悲鳴。秀悟、愛美、そして田所の三人は、同時に階段を見る。

「東野君⁉」

一番早く動いたのは田所だった。足を引きずりながら階段に近づくと、手すりを摑んで上がっていく。田所を見送った秀悟と愛美は顔を見合わせた。

秀悟はすぐには動けなかった。ピエロが上の階にいたのだろうか？　そうだとすると、上階に行くのは危険だ。このままここで待機するべきか？　それとも助けに……。

「秀悟さん、行きましょう！」

躊躇している秀悟に、愛美が力強く言う。

「けれど、もしかしたらピエロが……」

「もしそうなら、早く助けないと！」

愛美の一点の曇りもない目で見つめられ、秀悟は驚く。自分を見捨てた相手を躊躇なく助けにいけるなんて……。

「……わかった、行こう」

覚悟を決めた秀悟は、愛美とともに階段へと向かう。

三階に人影は見当たらなかった。二人はさらに階段を上がっていく。三階と四階の間の踊り場を折り返すと、東野と田所の姿が見えてきた。ナースステーションの前で座り込んでいる東野に、田所が寄り添っている。一見したところ、東野が大きな怪我をしている様子はなかった。

「どうしたんですか？」

近づいた秀悟が訊ねるが、二人が答えることはなかった。まるで魂が抜けたかのような弛緩した表情で、二人は同じ方向を見ていた。秀悟はつられるように、二人の焦点の定まらない視線の先に目を向ける。

時間が止まった気がした。自分の見ているものがなんなのか、すぐには理解できなかった。秀悟は案山子《かかし》のようにその場に立ち尽くす。

「……うそ」隣に立つ愛美が小さくつぶやく。

蛍光灯の漂白された光に満たされたナースステーションの真ん中、そこに佐々木が仰向けに倒れていた。その左胸に、小ぶりなナイフを深々と突き立てながら。

第三章　開く扉

1

粘度の高い時間が、体にまとわりつきながら過ぎていく。三階のナースステーション、その空間にいる誰もがうつむいたまま黙り込んでいた。

いったいどのくらいの時間、ここでこうしているのだろう？　秀悟は横目で掛け時計を見る。時刻は午前二時半を少し回っていた。たしか、佐々木の遺体を見つけたのが二時過ぎだった。まだあれから三十分しか経っていないのか。

『……人態勢で捜査をするものの、発砲して逃げた男の行方はいまだに分かっておらず。不安な夜が……』

ナースステーションの隣にある看護師控室に置かれたテレビから、ニュースキャスターの声が響いてくる。数分前、少しは気分転換になるかと秀悟がつけたものだが、さらに空気を重くするだけだった。秀悟は手にしていたリモコンでテレビの電源を切る。

目の奥に重い痛みを感じ、秀悟は鼻の付け根をもむ。佐々木の遺体を見つけたのが、もう何日も前のような気がする。それだけ、胸にナイフが突き立てられた佐々木の姿は衝撃的だった。

三十分前、数十秒間の茫然自失状態から回復した秀悟は、佐々木に駆け寄り蘇生を試みようとした。しかし、佐々木の瞳孔はすでに散大しており、さらに深々と左胸に突き立てられたナイフは、明らかに心臓を貫いていて、蘇生などまず不可能であるとすぐに判断できた。秀悟がそのことを口にすると、東野はその場で泣き崩れ恐慌状態に陥り、田所は頭を抱えて震えはじめた。

結局、秀悟が廊下の一番奥にある病室で見つけた空きベッドからシーツを持ってきて佐々木の遺体の上にかけ、みんなを促してとりあえず三階へと移動したのだった。

顔を上げた秀悟はナースステーション内を見回す。奥には田所と東野が憔悴《しょうすい》しきった顔で椅子に腰掛けている。秀悟と愛美は入り口近くにパイプ椅子を並べて座っていた。

この三十分、秀悟はひたすら思考を巡らせ続けていた。とうとう犠牲者が出てしまった。強盗犯による籠城《ろうじょう》中に出た死者。一見すると単純な事件のように見える。しかし、佐々木の遺体を見つけてからというもの、強い違和感が胸にわき上がり続けていた。

「……警察」

力なくこうべを垂れている東野がぼそりとつぶやいた。視線が東野に集まる。

「警察に通報しましょう！　佐々木ちゃんが殺されたんですよ。私たちは大人しくしていたのに、なんで佐々木ちゃんが？　あのピエロは私たち全員を殺すつもりなんですよ、いますぐ警察に助けてもらいましょう！」

東野は勢いよく顔を上げると、表情を歪めながら悲痛な声で叫んだ。

「だめだ！」

田所が鋭い声で言う。しかし、東野がひるむことはなかった。

「なに言っているんですか！　人が殺されたんですよ！」

「あの男は一人殺したんだ。もしいま病院が警察に包囲されたら、たぶんあの男は私たちを殺すことを躊躇《ちゅうちょ》しない。あの男がこの病院から出て行くのを待つのが一番いいんだ」

「でも、出て行く前に私たちまで殺そうとするかも！」

「それならもう殺しているはずだ。まだ私たちを殺しに来ないところを見ると、皆殺しにするつもりはないんだ。ここはあの男を刺激しないようにしておとなしく待つのが一番の得策なんだよ」

「そんなこと分からないじゃないですか。きっと警察なら助けてくれます。私の携帯電話を返してください！」

髪を掻き乱しながら東野が叫ぶ。田所はそんな東野に冷たい視線を送ると、白衣から携帯電話を取りだして放った。東野は両手でそれを摑むと、二つ折りの携帯電話を開き、せわしなくボタンを押しはじめる。

「無駄だよ。圏外のままだ」

「なんで!?　いつもは電波入っているのに」

東野は金切り声を上げた。

「きっとピエロだよ。あのピエロが妨害電波でも出す装置を持っているんじゃないか。だからこそ、私たちの携帯電話を奪おうとしなかったんだ」

「そ、それなら、固定電話を使えば。院長室の固定電話は、まだ使えるはずです」

東野が喘《あえ》ぐように言う。どうやら二階から四階までの電話は使用不能にしたが、念のために院長室の電話は残しておいたようだ。しかし、田所は顔を左右に振る。

「それもさっき確認済みだ。院長室の電話もつながらなくなっていた。たぶん、電話線が一階で切られている」

「そんな……」数瞬絶句したあと、東野は大きく目を見開いた。「それなら、火災報知器を作動させましょう。そうすれば消防署に連絡が行くはずです」

それはいい手かもしれない。秀悟はそっと、白衣のポケットに手をしのばせる。指先に硬い感触が触れた。愛用のライター。これで天井の感知器を炙《あぶ》れば……。

しかし、田所はゆっくりと顔を左右に振った。

「だめだよ、消防署への自動通報は電話線を通じて行われるはずだ。電話線を切られていたら通報はされない。消火装置が、このフロア全体に大量の粉末消火剤をまき散らすだけだよ」

東野の表情が一瞬絶望に染まるが、すぐに腫《は》れぼったい目が輝く。

「一階です！　一階の手術室にある電話を使いましょう。たしかあそこの電話は別回線で引いてあるから」

「……一階にはあの男がいるんだ。どうやって手術室に行くって言うんだ」

田所は低い声で言うと、横目で秀悟に視線を向けてきた。秀悟はその視線の意味をはかりかねながら、無言で二人のやりとりを眺め続ける。

「手術室なら上から……」

「東野君！」

なにか言いかけた東野に向かって、田所が鋭い声を浴びせかけた。東野の体がびくりと震える。

「たとえできたとしても、通報はしない。そんなことをすれば、私たちだけでなく、入院している患者さんたちにも危険が及ぶ恐れがある。大切な患者さんを巻き込むことだけは、どんなことがあっても避けなくてはならない」

一言一言、言い聞かせるように田所は言った。

「……なんにしろ、このままでは危険です。あの男は佐々木さんを殺したんだ。僕たちを殺そうとしないとも限らない。襲われたときのために、とりあえず武器になりそうなものを見つけておきませんか」

それまで黙っていた秀悟が提案する。田所は少々考え込んだあと、重々しくうなずいて同意を示した。

「なにか武器になりそうなものはないですか？　ゴルフクラブなんかじゃあ持って

いると目立ちます。もっと小さな、できればメスみたいなものがいい」

秀悟が訊ねると、田所は渋い表情を浮かべる。

「残念ですけど、メスは手術室にしか置いていないんですよ」

「そうですか。それじゃあ、ちょっと手分けして武器になりそうなものを探しましょう。あの男がなにをしてくるか分からない以上、早くした方がいい」

秀悟は椅子から腰を浮かす。

「……私は少し東野君についています」

「分かりました。それじゃあ東野さんのことはお願いします。愛美さん」

唐突に秀悟に声をかけられ、愛美は上ずった声で「はいっ」とこたえる。

「俺と一緒になにか武器になるものを探しに行こう」

秀悟は愛美の手を取ると、なかば強引に立たせ、ナースステーションから出て行く。愛美は戸惑いつつも、おとなしく秀悟についてきた。

愛美とともに階段を下り二階にたどり着くと、秀悟はそのまま透析室《とうせき》を横切り、当直室へと向かう。当直室に入ると秀悟は鍵をかけた。その気になれば簡単に蹴破れるような心許ない扉だが、開けっ放しよりはましだろう。

「あの、秀悟さん……？」

愛美は不安げに秀悟の顔を見る。秀悟は愛美の両肩に手を添えた。

「連れて行かれてから、あのピエロは姿を消さなかったか？」

「え？　なんのことですか？」

唐突な秀悟の質問に、愛美は軽くのけぞる。

「だから、さっきピエロに一階へ連れて行かれたとき、俺が助けに行くまでの間にピエロが数分間姿を消したってことはなかった？」

秀悟は質問を続ける。気持ちがせって舌がうまく回らなかった。

「……さっきのことですか。……いえ、秀悟さんが大声で叫ぶのが聞こえるまで、私はずっとあの男と一緒に……」

そのときのことを思い出したのか、愛美は顔を伏せ、声をかすれさせる。その様子を見て、秀悟の胸に罪悪感がわき上がる。

「ごめん、嫌なことを思い出させて。ただ、大切なことなんだ」

「大切なこと？」

愛美の目がいぶかしげに細められる。秀悟は大きくうなずいた。

「四階に倒れていた佐々木さんは、すでに瞳孔が開いていたし、心臓も完全に止まっていた。それに染み出た血も少し固まっていた。あの状態になるのに、刺されてから少なくとも十分ぐらいの時間はかかるはずだ」

「それって……」愛美はまばたきを繰り返す。

「そう、佐々木さんが刺された時間に、あのピエロは俺か君のどちらかと一緒にいたんだよ」

愛美の元々大きな目がさらに大きく見開かれた。

「そんな……、でももしかしたら、私が連れて行かれる前に刺されたのかも……」

愛美は声を震わせながら言った。

秀悟は顎を引く。たしかにその可能性もある。佐々木が階段を上がって行ってから、ピエロが現れて愛美を連れて行くまでには数分の時間がある。ただ……。

「ただ、佐々木さんは正面から胸を真っ直ぐに刺されている。一見したところ争った形跡もなかった。もしピエロに襲われたなら、彼女は大声で悲鳴を上げて逃げたと思うんだ。その場合は正面からじゃなく、背後から刺されることになる」

「……どういうことなんですか？」

「佐々木さんはピエロに殺されたんじゃないかもしれない。一階で俺とピエロが言い争っている間に、違う奴が四階で佐々木さんを刺した」

「違う奴って、いったい誰が……？」

「佐々木さんに警戒心を抱かせることなく近づける人物。そいつが何気なく佐々木さんに近づき、胸にナイフを刺したんだ」

「それって……」

秀悟がなにを言いたいのかに気づいたのか、愛美は両手を口に当てる。

「そう、田所か東野、または二人が協力して佐々木を殺したんだと思う」

この数十分で自分が出した解答を、秀悟はゆっくりと口にする。愛美は手を口に当て絶句した。

「……なんでそんなことを」

「分からない。ただ、殺される前、佐々木さんは俺たちになにか伝えようとしていた」

「それって……『院長に気をつけて』と『もう一人いる』ってやつですか？」

「ああ、そうだよ。この極限状態に耐えきれなくなっていた佐々木さんは、院長たちが必死に隠そうとしている『秘密』について俺たちに伝えようとしていたんじゃないかな。そのことに気づいた院長たちが、ピエロの仕業に見せかけて彼女の口を封じた……」

「じゃ、じゃあ。佐々木さんを殺したのは院長先生……？」

青ざめながら、愛美は小声でつぶやいた。

「たしかに田所の可能性が高いとは思うけど、東野の可能性だってある。二人とも『秘密』を守ろうとしているのは間違いないし」

「けれど、女の人がナイフで人なんて殺せるんですか?」

疑わしげに言う愛美に、秀悟はうなずく。

「救急で女に刺されて死にかけた男を見たことがあるよ。鋭い刃物を持っていたら、体力がなくたって肋骨のすき間から刺すことは十分に可能だ。必要なのは警戒されることなく近づくことと、躊躇なく刺すことだ」

秀悟の言葉を聞いた愛美は顔色をさらに青くすると、両手で顔を覆いながらベッドに腰を下ろした。

「もう、……なにがなんだか分かりません」

消え入りそうな声で愛美は言う。これまで気丈に振る舞ってきた彼女の精神も限界が近いのだろう。その痛々しい姿に、秀悟はかける言葉が見つからなかった。

「……もう一人」顔を覆ったまま、愛美はぼそりとつぶやく。

「え? なにか言った?」

秀悟が訊《たず》ねると、愛美はゆるゆると顔を上げた。

「佐々木さんが言った言葉です。『もう一人いる』っていう。『院長に気をつけて』はまだ分かるんですけど、『もう一人』ってなんのことでしょう？」

秀悟は唇をへの字に曲げる。それはたしかに秀悟も気になっていた。

「佐々木さんは間違いなく『もう一人いる』って言ったのかな？　小さな声だったし、もしかしたら聞き間違えたとか……」

「いえ、絶対にそう言いました。意味は分からないですけど、はっきりと聞きました」

愛美は一点の曇りもない口調で言った。そこまではっきりと言い切るところを見ると、そのとおりなのだろう。秀悟は腕を組んで考え込む。

「あの……もしかしたら、他にこの病院の関係者が隠れていたりとかは……」

一転して自信なさげに愛美は言う。

「俺たち以外のスタッフが隠れてるってこと？　でも、夜勤は基本的に医者一人と看護師二人のはずだし……」

「院長先生も残っていたじゃないですか」

愛美に言われて秀悟は言葉に詰まる。たしかに、なにか仕事が終わっていないなどの理由でスタッフが残っていた可能性はゼロではない。

「けれど、それならなんで隠れたままなんだよ。ピエロから隠れるのならともかく、俺たちから隠れる必要なんてないじゃないか」

「それは分かりませんけど、もしかしたらこの病院の『秘密』に関係しているのかも……。だからいまも隠れたままで……」

病院の「秘密」に関係しているスタッフが隠れている。愛美のその言葉を聞いて、秀悟の頭に新しい疑問が浮かんでくる。そもそも、田所は診療報酬の請求書を確認するために今夜病院に残っていたと言っていたが、それは本当なのだろうか？　そんな日に限ってピエロが押し入ってくるなんて……。いや、院長が残っていたからこそ、ピエロはこの病院に押し入ったのかもしれない。けれど……。

秀悟は両手の親指でこめかみを揉む。あまりにもわけの分からない事態に、頭痛がしてきた。

「そもそも、他にスタッフがいるとして、どこに隠れているって……」

そこまで言ったところで、秀悟は言葉を止める。愛美はそんな秀悟に向かって小さくうなずく。

「はい、五階の倉庫じゃないかと思うんです」

「けれど、なんであんなところに……」

「そこまではわかりませんよ。私だって隠れるところがあるとしたらあそこかなって思うぐらいで」

愛美はピンク色の唇を尖らせた。

佐々木の言っていた「もう一人」、それは本当に病院のスタッフで、あの倉庫に潜んでいるのだろうか。そのほかの可能性は……。

「ピエロ……」

ほとんど無意識のうちに秀悟はつぶやいていた。愛美が不思議そうに「え、なんですか？」と訊ねてくる。

「いや、なんでもないよ。そんなわけない」

秀悟は首を左右に振る。頭の中に湧いた想像に怯えながら。

「なにか思いついたんでしょ。間違っていてもいいから教えてください。気になります」

「いや、本当にあまりにも突拍子のないことで……。もしかしたら『もう一人』っていうのが、ピエロのことなのかもとか思ったんだ」

語気を強めた愛美の迫力に押され、秀悟はおずおずと言った。

「ピエロが『もう一人』？　どういうことですか？」

愛美は不安げな表情で首をかしげる。

「いや、ずっとピエロの行動が一貫しないな、と思っていたんだ。金目当てで行き当たりばったりに行動している馬鹿だと思っていたけど、なにか目的を持ってこの病院のことを探っているようにも見えて。ただ、もしピエロが二人いれば、それにも説明がつくんじゃないかと思って……。同じマスクを被《かぶ》って、服装も同じにすれば誰が誰だか分からなくなるだろ。一人だと見せかけておいて、実はもう一人仲間がいて、その一人が病院を探ったり……佐々木さんを殺したり」

自分で話しているうちに、秀悟の背筋に冷たいものが走る。ほとんど思いつきで口にしてみたが、その可能性はある気がする。

「け、けど。私が攫《さら》われたときは、間違いなくピエロは一人でしたよ……」

「あとから合流したのか、もしかしたらこの病院で待ち合わせていたのかも」

愛美の反論に、秀悟はなかば強引に説明をつける。

金目当ての短絡的な男と、この病院になにか縁があり、「秘密」を暴こうとしている冷静な男。後者が前者を操っていると考えれば、つじつまが合わなくもない。

そうするとやはり佐々木を殺したのはピエロなのだろうか？　一人が愛美を連れ去っていた間に、もう一人が佐々木を殺したのだろうか？　それとも、ピエロが二人いるなどと言うのは馬鹿げた想像で、田所や東野が犯人？　いや、もし倉庫に隠れているスタッフがいたとしたら、そいつが犯人の可能性も……。

頭痛がさらにひどくなってくる。秀悟は小さくうめき声を上げると、頭を抱える。脳神経が焼け付きそうだった。情報が増えるたびに、事態の全容がさらに深い霧に覆われていく。

「……これから、どうなるんでしょう？」愛美は不安げにつぶやく。

秀悟は頭に置いていた手を、ゆっくりと愛美の肩の上に移動させた。

「大丈夫、きっと助かるさ」

秀悟は愛美を元気づけるように、そして自分に言い聞かせるようにそのセリフを口にする。しかし、愛美の表情は硬いままだった。

「でも、どうすれば……」

うつむく愛美を見ながら、秀悟は口を開く。

「通報しよう」

愛美は「え？」とつぶやきながら顔を上げた。

「警察に通報するんだ。この病院で実際になにが起こっているのか、もうわけがわからなくなっている。実際に人が殺されているし、朝まで待つのはあまりにも危険すぎる。もう通報するしかない」

秀悟はからからに乾いた口腔内を舌で舐《な》めながら言う。

「けれど、もし通報なんてしたら、私たちを殺すって……」

「もし一人でも人質が殺されたら、すぐに警察がなだれ込んで来ることぐらい、あいつだって分かっているよ。たんなる脅しだ。それに、警察ならピエロに気づかれないうちに突入してくれるかもしれない」

秀悟は愛美の不安をできるだけ取りさろうと言葉を重ねる。しかし、自分でも笑ってしまいそうになるほど、その声が上ずっていた。通報すれば安全が確保される、たしかにそんな保証はなかった。ただ、このまま待つよりも、警察が介入した方が生きてこの病院を出られる可能性が高い気がした。

「……わかりました」愛美は大きく息を吐いたあと、不安げな声で言う。「けれど、どうやって通報するんですか？　携帯電話も固定電話もだめなんですよね」

「……さっき、東野さんが言っていた手術室の電話を使おう」

「手術室？　どうやってそこまで行くつもりなんですか？　一階にはあのピエロがいるんですよ」

愛美は形のいい眉の間にしわを刻む。

「あのピエロは階段の鉄格子を閉めているから、俺たちが一階には行けないと思っている。けれど、鉄格子を固定しているのは小さな南京錠だ。あれなら道具があれば壊せるかもしれない」

秀悟は気持ちを落ち着かせながら計画を口にする。

「まず、上の階で騒ぎを起こす。あいつはなにが起こったか確認するために、たぶんエレベーターで上の階に移動するはずだ。その隙をついて南京錠を外して一階に行って、手術室の電話から警察に通報する」

一息に語った秀悟は愛美の反応を待つ。愛美の眉間に刻まれたしわはさらに深くなっていた。

「ピエロがエレベーターを使うかどうかなんて分からないじゃないですか。さっきは階段を使ったんですよ」

「たしかに二階に来るときは階段だったけど、そのほかの階のときはエレベーターだっただろ。エレベーターを使う可能性は高いはずだ。それに、一階に向かうのはエレベーターが動いたのを確認してからだ。そうすれば、鉢合わせになる可能性は低い」

「そうかもしれませんけど、ピエロが一階に戻ってくる前に、南京錠を壊せるか分からないじゃないですか。そのほかにも色々計画が雑すぎます」

愛美は秀悟に厳しいまなざしを向ける。

「分かっているよ。この計画が雑なのは分かっているんだ。けれど、この方法以外に思いつかないし、このまま朝を待つよりは、この雑な計画を実行するほうが助かる可能性が高いと思う」

秀悟は愛美と視線をあわせながら言う。佐々木が殺され、そして犯人が誰なのか分からない。いまの状況では、いつ誰に襲われるか分からない。それならリスクがあっても通報するべきだ。

「……本気なんですか？」

「ああ、本気だ」

愛美の問いに、秀悟はうなずく。数十秒、険しい表情で黙り込んだあと、愛美は重々しくうなずいた。

「……分かりました。通報しましょう」

「ありがとう」

秀悟は胸をなで下ろす。もし愛美に反対されたら、計画を実行する決心がつかなかったかもしれない。いま唯一信頼できる人物が計画を受けいれてくれたことが心強かった。

「よし、それじゃあさっそく南京錠を壊せるような道具を探そう。それほど大きくなかったから、鉄の棒でもあれば、てこの原理を使って……」

「そんなの必要ありません」秀悟のセリフを愛美が遮る。

「必要ない？」

「ええ、さっきあの男が秀悟さんに呼び出されたとき、ベッド脇のテーブルにキーケースを置いていったんですよ。だから、もしものときのためにこれを抜き取っておきました」

首をかしげる秀悟の前で、愛美は入院着のポケットから、小さな金属製の物体を取り出した。秀悟は目を大きくする。

「それって、まさか……」

「はい、あの南京錠の鍵です」

愛美は小さな鍵を秀悟の目の前に掲げながら、得意げに胸を張った。

「それじゃあ、行くよ」

細く息を吐いて心臓の鼓動を抑えながら秀悟が言う。隣に立つ愛美は、緊張した面持ちでうなずいた。二人は三階ナースステーションを出る。

2

計画決行を決めた二人は、十分ほど前にこの三階ナースステーションをピエロを誘い込む場所と決め、戻ってきていた。時間を稼ぐためには四階の方がいいのかもしれないが、一階と距離があると、騒ぎを起こしてもピエロが気づかない可能性もあったし、佐々木の遺体のある四階には近づきたくないという気持ちもあった。

二人がナースステーションに戻ったときには、すでに田所と東野の姿は消えていた。あの二人がどこに消えたのか気になったが、秀悟たちは二人を探すより作戦の実行を優先させた。作戦のためには、むしろ二人がいないほうがなにかと都合がよかった。

秀悟はテーブルの上に置かれたテレビを見る。看護師控室から持ち出したものだった。液晶画面には見たことのない西部劇が映し出されている。

秀悟は胸に手を置く。この計画が成功すれば、きっと朝になる前に警官隊によって救出してもらえる。それに、たとえ失敗したとしても、もう一つの計画が……。強張った表情を浮かべて隣に立つ愛美を、秀悟は横目で見る。どんなことがあっても彼女だけは無事に病院から出す。そう決意すると、秀悟はテレビのリモコンを手に取り、音量を上げていった。テレビに映し出される俳優たちのセリフが、次第に鼓膜に痛みを感じるほどに大きくなっていく。

このくらいでいいだろう。秀悟はリモコンを放り捨てると、愛美とともに階段を駆け下りた。二階に下りた二人は、階段脇の壁の陰、エレベーターからは死角になる位置に身を潜めながら、顔をわずかにのぞかせて透析室の奥にあるエレベーターに視線を向ける。

階段の上から聞こえてくる英語の怒鳴り声と銃声を聞きながら、秀悟は拳を握りしめた。

来い、早く来い。胸の中でそうくり返しながら、秀悟は炎で炙られるような緊張感に耐える。

五分ほど経って、唐突にエレベーターの扉が開いた。秀悟は両手で口を押さえ、わき上がりかけた歓喜の声を飲み下す。

エレベーターから顔を覗かせたピエロは、きょろきょろと透析室を見回すと、すぐに顔を引っ込めた。エレベーターの扉が閉まる。それと同時に、秀悟と愛美は一階に向かって階段を駆け下りた。

ピエロは三階のナースステーションでテレビを見つけ、すぐに戻ってくるだろう。それまでに警察への通報と、もう一つの作戦を完遂させなくては。

鉄格子の前にたどり着いた秀悟は、愛美から受け取っていた鍵を手にすると、南京錠の鍵穴にさし込もうとする。しかし、緊張のせいで指先が震えてなかなかささらない。

「貸してください」

横から手を伸ばした愛美は秀悟の手から鍵を奪い取ると、素早く南京錠を開けた。自らの情けなさに顔を歪めながら、秀悟は鉄格子を押す。きしみを上げながら開いた鉄格子の隙間に、秀悟と愛美は体を滑り込ませた。

「行きましょう」

鉄格子を閉めていた秀悟に、愛美が早口で言う。振り返った秀悟は愛美に近づくと、その両肩を力を込めて握った。

「な、なんですか?」愛美の顔におびえが走る。

「君は逃げるんだ」

秀悟は愛美の目を覗き込みながら言った。

「はい？」愛美は何度もまばたきをくり返す。

「表の玄関はシャッターが降りているけれど、裏口なら内側から開くはずだ。すぐにそこから逃げて、近くの民家に逃げ込むんだ」

「な、なに言っているんですか？　手術室に行って電話をするんでしょ」

「それは俺一人で大丈夫だ。君はすぐに逃げろ」

「それなら二人で逃げましょうよ。二人で逃げて、外から通報すればいいじゃないですか」

「だめだ。もし俺まで逃げたら、あの男は本当にこの病院の患者を殺すかもしれない」

「私だけが逃げても一緒でしょ。誰かが逃げたらみんなを殺すって言っているんだから！」

愛美は駄々をこねる子供のように、激しく頭を振る。

「それは俺がなんとか、警察が駆けつけるまで誤魔化すよ。大丈夫、なんとかなるさ」

秀悟は笑みを浮かべる。顔の筋肉がややこわばっているが、思いのほかうまく笑顔が作れた。秀悟と対照的に愛美の表情が歪んでいく。

「なんで……、なんで秀悟さんだけそんな危険なことをしないといけないんですか？」

「俺は医者だからね。医者が避難するのは、患者全員の安全が確保されてからなんだよ」

秀悟は肩をすくめて苦笑すると、「難儀な商売だよな」とおどける。愛美は目を固く閉じ、唇を噛んだ。

「そして、俺にとって一番大事な患者は君だ。だから君の安全をまず確保したいんだ。分かってくれ」

「でも……でも……」

嗚咽《おえつ》まじりに愛美はなにか言おうとするが、言葉が続かなかった。

「逃げ出して民家に助けを求めたら、すぐに警察に通報してくれ。そうすれば、手術室から通報できなくても、警察が助けに来てくれる。君が逃げることで俺が助かる可能性も上がるんだよ……。やってくれるよね」

秀悟はゆっくりと言い聞かせるように愛美に言う。愛美はためらいがちに小さくうなずいた。閉じた愛美の目から涙がこぼれはじめる。

「泣くことないって。またすぐに会えるからさ。……それじゃあ、行って」

秀悟は愛美の体を軽く押す。愛美は涙のあふれる目で一瞬秀悟を見ると、なにかを振り払うかのように身を翻し、裏口に向かって走り出す。

愛美の背中が裏口へと向かうのを見送ると、秀悟は手術室に向かって走り出した。まだピエロが戻るまでには時間があるはずだ。頭の隅を、さっき思いついた「ピエロがもう一人いる」という可能性がよぎる。もしそうなら、この一階にもう一人のピエロがいるかもしれない。けれど、いまはそんなことを考えてもしょうがない。

重い扉を押して中へと入ると、秀悟は段ボールがうずたかく積まれている廊下を駆け、手術室へと飛び込んだ。

手術室には、愛美の傷の処置をしたときの器具が放置されたままになっていた。部屋の中心に並んでおかれている手術台を見て、秀悟は顔をしかめる。

一つの手術室に二つの手術台。脳の表面を虫が這うような不快な感覚が、再び襲いかかってきた。

手術室の入り口で一瞬立ち尽くした秀悟は、激しく頭を振る。いまは悠長に考え込んでいる場合じゃない。

秀悟の視線が、奥の壁に設置された電話をとらえた。小走りに手術室を横切り電話の受話器を鷲づかみにすると、それを耳に当て、「110」とダイヤルする。しかし、受話器からはなんの音も響いてこなかった。

「どうなっているんだよ!」

怒声を上げながら視線を落とした秀悟の体がびくりと震える。電話の本体と受話器を繋ぐコード、それが切断されていた。激しい動揺に襲われる。

あのピエロがやったのか? 一瞬そう思うが、秀悟の勘は即座にそれを否定する。この手口は田所が透析室の電話機にしたのと同じだ。

田所が通報を防ぐために、この電話線も切断していた? けれどいつ?

混乱した秀悟は、片手を額に当てて考え込む。

田所がゴルフクラブを持ってこの手術室に乗り込んだときだろうか? けれど、あのとき田所はこの電話に近づかなかった。

それじゃあ、監禁されてからこれまでの間に、田所がここに来てコードを切断したのだろうか? けれど、ピエロに気づかれずにこの手術室に来るのは不可能だったはずだ。それなのになぜ? まさか、田所とあのピエロは最初からグルだったとでも?

受話器を手にしたまま思考の底なし沼に飲み込まれつつあった秀悟は、背後から響いた物音に体を震わせ、振り返る。廊下の奥から足音が近づいて来ていた。もうピエロが戻ってきたのか？　あまりにも早すぎる。

顔を引きつらせながら、秀悟は慌てて麻酔器の陰に滑り込む。次の瞬間、扉が開いた。

「秀悟さん！」

手術室に響いた声に、秀悟は目尻が裂けそうなほどに大きく目を見開く。

「愛美？」

素早く麻酔器の陰から出た秀悟は、手術室の入り口に立つ愛美を呆然《ぼうぜん》と眺めた。なんで愛美がここに？　せっかく逃がすことができたと思ったのに。衝撃が薄れると、怒りと絶望が胸に満ちはじめる。

「なんで戻ってきたんだ！」

拳を握りしめながら秀悟は怒鳴った。一瞬、ピエロに聞こえてしまうかもしれないと思ったが、声量を調整することはできなかった。愛美は首をすくめる。

「せっかく……せっかく逃がせたと思ったのに。せっかく助けられたと……」

舌がもつれてうまく言葉が出なかった。秀悟は両手でがりがりと髪を掻く。

「だめだったんです」

愛美は哀しげに顔を伏せた。

「だめだったってなにが？」

「裏口です。裏口の扉が針金でがちがちに固定されて、開かなかったんです。だからしかたなく……」

そう言う愛美を前にして、秀悟はめまいを感じた。裏口が封鎖……。考えてみれば当然のことだ。外へ逃げるにしても、誰かが侵入するにしてもそこを使うしかないのだから。そんな可能性も思いつかなかったなんて……。

計画はすべて失敗だ。早く上の階に戻らなければ。あのピエロが戻る前に早く。

「大きな声を出して悪かった。すぐに上の階に戻ろう」

謝罪しつつ、秀悟は愛美に近づく。

「あの、通報は？」

「だめだった。透析室の電話機みたいにコードが切られていたんだ」

「え？　ピエロが電話機を壊していたってことですか？」

「分からない。それよりいまは上の階に戻らないと」

秀悟は愛美の手を取って手術室を出る。

「待って！」

廊下を半分以上進んだところで、唐突に愛美は足を止めた。慌てて秀悟もその場で急停止する。

「どうしたんだよ、急がないと」

「いま、音が聞こえました……。たぶん……エレベーターの音」

愛美はゆっくりと正面にある鉄製の扉を指さす。

「……間違いないのか？」

秀悟は唇を歪めながら、声をひそめた。

「絶対ではないけど、……聞こえた気がしたんです」

愛美はいまにも泣き出しそうな表情で答える。秀悟は足音を立てないよう細心の注意を払いながら扉に近づくと、ゆっくりと数センチ扉を開き、その隙間から外をうかがった。喉からものを詰まらせたような音が漏れる。

拳銃を構えたピエロが、外来待合室を歩きながらソファーの下を覗き込んで、誰か隠れていないか確認していた。

そのうちにここも調べようとするだろう。音がしないように慎重に扉を閉めた秀悟は、両手で顔を覆う。愛美が問いかけるような視線を向けてきた。

「ピエロ……いるんですね？」

「ああ、そのうちここも調べにくる」

「……どうしましょう？」

愛美の質問に秀悟はすぐには答えられなかった。この廊下は手術室にしかつながっていない。逃げ場はなかった。

「どこか隠れる場所を探そう」

秀悟はかすれた声で言う。もはやそれしかなかった。この廊下はごちゃごちゃと物が置かれているので死角が多い。うまく隠れてやり過ごすことができれば……。

大人二人が身を隠すようなスペースなど、まずないことに気づきつつも、秀悟はその希望にすがることしかできなかった。愛美は不安げな表情のままうなずくと、廊下に置かれている機材を動かしはじめる。

どうにか愛美だけでも隠れられる場所を。男の自分はともかく、小柄な愛美なら隠れるスペースがあるかもしれない。秀悟は必死に段ボールの山をあさっていく。しかし、人間が入れるほどの大きさの段ボールは見つからなかった。

手術室に戻って麻酔器の陰に潜むか？　いや、だめだ。あんな所すぐに見つかってしまう。それなら、俺だけでもおとなしく出て行ってしまおうか？　そうすれば、ピエロも手術室まで探さないかもしれない。けれど、それも確実じゃない。最終手段は、ピエロが扉から入ってきた瞬間に襲いかかることだが、体格が良く、しかも拳銃まで持った男に、不意を突いたからといって勝てる可能性は低かった。

「秀悟さん……」

頭を抱えて悩む秀悟に、愛美が小声で話しかける。秀悟が振り向くと、愛美は廊下の奥、手術室の扉の正面辺りに置かれた年季の入った可動式のホワイトボードの前で手招きをしていた。

「なにかあった？」

秀悟が近づくと、愛美はしゃがみ込み、ホワイトボードの下に空いた空間を覗き込むと、やや上方に向けて指をさす。

「そこの壁、ちょっと変じゃないですか？」

言われて秀悟は真っ白な壁を凝視する。すぐには分からなかったが、ホワイトボードの陰になっている部分に、かすかなへこみがあった。指をかけるためのようなへこみが。

「もしかしたら、この奥に倉庫とかあるんじゃないですか？」

秀悟は腰をかがめる。そのとき、ホワイトボードの粉受けに置かれていたマジックペンに肩が当たり、落下しそうになる。秀悟は慌てて空中でマジックペンを摑むと、白衣のポケットに入れた。

あらためて手を伸ばした秀悟は、指をへこみに引っかけ横に引く。壁にしか見えなかった部分が、小さな音をたてかすかに動いた。間違いない、ここの奥になにかがある。秀悟は腕に力を込める。指先に痛みが走ると同時に、壁が勢いよく横に移動した。

「これって……」

愛美が呆然とつぶやく。秀悟も中腰の姿勢のまま固まった。

「エレベーター?」

秀悟の口からその単語が漏れる。ホワイトボードの裏側にあらわれたのは、エレベーターの扉だった。すぐには事態が飲み込めず、秀悟は眉をひそめる。

倉庫でもあるのかと思って開いたら、エレベーターがあらわれた。これはどういうことなのだろう。この病院のエレベーターは一階から四階をつなぐあの一機だけのはずだ。それなら、目の前にあるこれは……。

脳裏に切断された電話のコードがかすめた。秀悟の半開きの口から、「あっ」という声が漏れる。

「どうしたんですか？　これってエレベーターですよね」

　愛美は戸惑いの表情を浮かべながら言う。

「これだ。これで院長はここに来たんだ」

「え？」

「きっとこれは、五階の備品倉庫につながっているんだ。だから、田所はピエロに見つからずに手術室の電話を壊せたんだ」

「それって……院長先生は最初から、ここに下りることができたってことですか？　それなのに、そのことを私たちに隠していたんですか？」

「……ああ、たぶん」

「なんでそんなことを？　これさえあれば、もしかしたらうまく逃げられたかもしれないじゃないですか」

　愛美の声に怒りが滲《にじ》む。たしかにその通りだった。さっき自分たちがやったように、上階で騒ぎを起こしてピエロを引きつけ、その間にこのエレベーターを使って一階に下り脱出する。裏口が封鎖されているので成功したかは分からないが、そういう作戦も立てられたはずだ。それなのに院長はかたくなにこのエレベーターの存在を隠そうとしていた。自分たちが逃げ出したら患者に危険が及ぶと思ったのだろうか？　それとも他の理由が……。

「なんにしろ、まずはここから逃げよう」

秀悟はホワイトボードの下から手を伸ばして、ボタンを押す。低い駆動音とともにすぐに扉が開いた。秀悟と愛美は体を低くし、ホワイトボードの下の部分をくぐってエレベーターに乗り込んだ。

かなり広々としたエレベーターだった。おそらくはストレッチャーによる患者の搬送に対応しているのだろう。奥行きはゆうに二メートルはある。

内側の壁にも小さなへこみがあった。秀悟は手を伸ばして引き戸状の壁を閉める。これでピエロがやってきても、ここにエレベーターがあることには気づかれないだろう。

エレベーターの扉が自動的に閉まっていく。秀悟は扉の脇にある操作盤に視線を向けた。そこには「開ける」「閉じる」と記されたボタンと、上と下の矢印が描かれたボタンだけがあった。一瞬、愛美と目を見合わせたあと、秀悟は上の矢印のボタンを押す。それと同時にエレベーターが上昇をはじめた。

秀悟の腕をつかんだ愛美の手から、かすかな震えが伝わってくる。秀悟も口元に力を込める。

エレベーターはすぐに停止し、じらすかのようにゆっくりと扉が開いていった。蛍光灯の光が開いた扉から差し込んでくる。

秀悟は顔だけ出して外の様子をうかがう。そこは短い廊下だった。長さはわずか数メートルほどで、リノリウム製の床が光沢を放っていた。

廊下に人影がないことを確認した秀悟はエレベーターから出ると、愛美に手招きをする。

「ここってどこですか？　倉庫、じゃないですよね」

廊下に出て来た愛美は、きょろきょろと周りを見回しながらつぶやく。秀悟も同じ疑問を持っていた。

見える範囲には、エレベーター以外に二つの扉があった。突き当たりにある重厚な鉄製の扉と、廊下の中ほどにある引き戸。

「もしかしたら、あの突き当たりにあるのが、五階の閉まっていた扉ですかね？」

愛美は廊下の奥を指さす。

「いや、この廊下と院長室がある側の廊下の長さを合わせても、他の階の廊下と比べるとちょっと短すぎると思う。たぶん、あの扉の奥に倉庫があって、その先に院長室側の廊下とつながっているんじゃないかな」

秀悟は警戒しつつ、廊下を突き当たりまで進むと、扉のノブに手を掛け力を込める。しかし、押しても引いても扉はびくともしなかった。

「……鍵がかかっているみたいだ」秀悟はノブから手を離す。

「それじゃあ私たち、閉じ込められたってことですか？」愛美が不安げに言った。たしかにこの扉が開かず、一階にはピエロがいる状況では、閉じ込められたとも言えた。

「そうなるのかもしれないな」

「……けど、たぶんここって、院長先生たちが時々隠れていた場所ですよね。さっき三階に二人がいなかったから、もしかしたらここにいるんじゃないですか？」

愛美の指摘を受け、秀悟は二つの扉を順番に眺めた。たしかにその可能性は高い気がした。

田所たちがいるとしたら、鉄製扉の奥にある「備品倉庫」か、それとも廊下の中ほどにある引き戸の奥なのか。

秀悟は引き戸の前に移動した。扉に伸びかけた秀悟の手は、取っ手に指先が触れる寸前で停止する。

この扉の奥に、田所たちがいるかもしれない。ここは田所たちが必死に隠そうとしていた場所であり、そして彼らは佐々木を殺害した可能性もある。

いや、可能性があるどころじゃない。秀悟は表情を険しくする。

「ピエロ複数説」は、ついさっき一階に誰もいなかったことにより、可能性は低くなっている。それに反比例して、田所か東野が佐々木を殺害した可能性は高くなっていた。

いま自分たちは間違いなく、この病院の「秘密」に近づいている。もしここで田所たちと遭遇したら、あの二人がどんな行動をとるのか想像がつかなかった。

「秀悟さん？」

愛美が秀悟に声を掛ける。秀悟の体を覆っていた金縛りが解けた。

迷っていてもしょうがない。きっと、いつかはここに田所たちがあらわれる。それならこちらから打って出よう。細く息を吐いて覚悟を決めると、秀悟は取っ手をつかむ。引き戸は滑るように横に開いた。

秀悟は身構えつつ中を覗き込んだ。扉の奥には十二畳ほどの、薄暗い空間が広がっていた。秀悟は素早く部屋の隅々に視線を這わせる。田所たちの姿は見えなかった。

一見すると、ホテルの一室のような部屋だった。高級感のあるデスクやソファーなどが置かれ、壁には風景画が飾られている。しかし、注意を引いたのは部屋の中心に置かれたベッドだった。

秀悟は目を凝らす。この部屋には似合わない質素な患者用のベッド。そこに一人の男が横たわっていた。いや、男というよりその人物は「少年」だった。おそらく中学生にはまだなっていないだろう。目を閉じているその顔には幼さが残っている。秀悟は足音を殺しつつ部屋の中に入っていく。

「……子供?」

続いて部屋に入ってきた愛美が、ベッドの少年を見てつぶやく。二人は警戒しながらベッドに近づいた。ベッドの脇にはモニターが置かれ、心電図、心拍数、血中酸素飽和度などが表示されていた。よく見ると、少年の首筋から細い点滴チューブが伸びていた。

中心静脈ラインを取っているのか……。秀悟は指先でプラスチック製の細いチューブに触れると、点滴棒にぶら下がっている点滴パックに視線を向ける。水分や電解質補給用の一般的な点滴液に加え、抗生物質と合成麻薬が投与されていた。

この組み合わせは……。鼻の付け根にしわを寄せた秀悟は、少年の体にかかっていた毛布を剝《は》がし、手術着の紐に手を掛ける。

「なにをしているんですか？　起きちゃいますよ」

声をひそめながら愛美が言う。

「大丈夫だよ。合成麻薬で鎮静がかかっている。そう簡単には起きたりしないよ」

「合成麻薬……ですか？」

愛美はいぶかしげにおうむ返しにする。

「ああ、強力な鎮痛薬だ。これを使うのは痛みの強い癌《がん》患者か……」

秀悟の手によって少年の手術着がはだける。橙色の薄い明かりに、少年の裸の上半身が映し出される。あばら骨の目立つ細い体、その左上腹部に大きなガーゼが当てられていた。秀悟はガーゼをまくっていく。

「大きな手術の痕だ」

ガーゼを剝がすと、その下からは、ゆうに十五センチはある手術痕《しゅじゅつこん》があらわれた。愛美が小さく息を呑む。

秀悟は傷口に顔を近づけていく。ナイロン糸で縫い合わされているその傷はかさぶたに覆われ、うっすらと血も滲んでいた。まだ新しい、少なくともこの二、三日以内の手術痕だった。
二、三日以内の手術痕……、秀悟は数時間前に三階で見た男を思い出す。あの男とこの少年、二人とも同じ時期に手術を受けている。

「あの、じゃあこの男の子も手術したってことですか？　この子も患者さんなんですか？」

「……そうみたいだな」

「けどなんでこの子、こんな隠し部屋みたいなところに入院しているんでしょう？院長先生が隠したかったのって、この子ですよね？」

愛美は小首をかしげながら言う。愛美の言うとおりだった。院長はこの少年の存在を徹底的に隠そうとしていた。なぜそこまでする必要があったのだろうか？　秘密の病室に入院し、大きな手術を受けた少年。彼はいったい何者なのだろう？

「もしかして、佐々木さんが言っていた『もう一人』って、この子のことだったんですかね？　もう一人、隠れた入院患者がいるって」

「ああ、……そうかもしれない」

秀悟は両手を頭に当てる。この数時間、院内で目撃した様々なものが一つの形にまとまりそうになっている。しかし、まだその輪郭がぼやけていた。もどかしさに歯を食いしばりながら、秀悟は脳を働かせ続ける。

「あれ？」

愛美の上げた声によって、秀悟の思考は遮られた。

「どうかした？　変な声を出して」

秀悟が訊ねると、愛美は少年の左腕を指さした。

「ここ。この子の左腕、なんか変なんです」

言われて秀悟は視線を落とす。枯れ木のように細い少年の腕、その肘の内側に直径二センチはありそうなほどの太い血管が浮き上がり、どくどくと拍動をくり返している。それは一見すると、皮膚の下に蛇が這っているかのようだった。

「……シャント」

「シャント？　これってなんなんですか？」

つぶやいた秀悟に、愛美が訊ねる。

「手術で腕の動脈と静脈を繋いだものだよ。深いところにある動脈を皮膚の下にある静脈と繋ぐことで、そこから大量の血液を採取できるようにするんだ。ただ、時間が経つにつれ、圧力のかかった静脈が膨れあがって、この子の血管みたいになることがある」

「大量の血液を採取……。なんで手術までして、そんなことをする必要があるんですか？」

「透析のためだよ。透析は大量の血液を抜き取って、そこから老廃物を除去して体に戻す作業を数時間続ける必要がある。だから腕にシャントをつくって、そこから血液を抜き取るんだ。この子もきっと腎不全で……」

そこまで言ったところで秀悟は言葉を止める。

「秀悟さん？」

愛美が怪訝《けげん》な表情で顔を覗き込んでくるが、答える余裕はなかった。秀悟の口からくぐもったうめき声が漏れ出す。

腎不全の少年、左上腹部の手術痕、二台ならんだ手術台、金庫の大金、そして身寄りのない患者たち……。

この病院の「秘密」。ぼやけていたその輪郭が急激にはっきりとしてくる。

「……移植」

わずかに開いた秀悟の唇から、その単語がこぼれ落ちた。

そんなわけがない。いくらなんでも、そんなことができるはずがない。

自分が思いついてしまった恐ろしい想像を、秀悟は必死に否定しようとする。しかし、考えれば考えるほど、その想像は確信へと変化していった。

「カルテ！」

秀悟は一声叫ぶと、病室の隅々に視線を這わしていく。目的のものはすぐに見つかった。モニターの下に設置されている棚、そこにカルテが置かれていた。秀悟は震える手でそれを手に取る。

カルテの名前欄には「Ｎｏ．12」とだけ記されていた。秀悟はせわしなくカルテをめくり、目的のページを探していく。すぐにそれは見つかった。血液データを貼り付けたページ。

秀悟は薄暗い部屋の中、目を凝らしデータを追っていく。

……ああ、やっぱり。

立ちくらみをおぼえ、秀悟はその場でよろけた。

腎臓の機能を示すクレアチニン、「Ｃｒ」と記されたデータ。一週間前の血液データではそれが「４・１２」と典型的な腎不全患者の数値を示している。しかし、最新の血液データでは「０・８２」にまで低下していた。

この血液データ、そして今夜目《ま》の当たりにしてきた様々なことがから導き出される答え、それは一つしかなかった。秀悟の手からカルテが滑り落ちる。

「秀悟さん……どうしたんですか？」

両手をだらりと下げたままうつむく秀悟に、愛美が心配そうに声をかけてくる。

秀悟は力なく顔を上げると、喉の奥からかすれた声を絞り出した。

「この子は、……腎臓を移植されたんだ。さっき三階で倒れていた男の腎臓を」

3

「……落ち着きましたか?」

愛美に声を掛けられた秀悟は、両膝を抱えたままうなずく。

十五分ほど前、恐ろしい事実に気づいた秀悟は、そのままふらふらと病室を出て廊下に座り込んでしまった。あまりに衝撃的な真実を、すぐには受け止められなかった。

頭を抱える秀悟の背中を、愛美は隣に腰掛けてゆっくりとさすってくれていた。まるで母親が子供にするかのように。

「もう……大丈夫だよ」

秀悟は細く息を吐きながら言う。まだ混乱が完全におさまったわけではない。それでも、平静を取り戻しつつあった。

「あの、それじゃあ説明してもらえませんか? 秀悟さんはなにに気がついたんですか？　移植とか言っていましたけど、よく分からなくて」

　愛美は真剣な表情で訊ねてくる。秀悟はもう一度、肺の奥にたまっている空気を吐き出すと、愛美と視線を合わせた。

「……この病院では違法な手術が行われていたんだよ。そして、そこの病室に入院している子供がその手術を受けたんだ」

　秀悟はできるだけ感情を交えない口調で話しはじめる。

「違法な手術？　えっと……あの子は誰なんですか？」

　いまいち状況が理解できないのか。愛美は眉根を寄せながら言う。

「腎不全だった子供だよ。たぶん金持ちの子供」

「お金持ち？」愛美は不思議そうに聞き返した。

「腎不全は大変な病気だ。腎臓が完全に機能していない状態を放置すれば、一週間も経たないうちに命を落とす。それを防ぐためには、透析による血液浄化が必要だ。ただ、透析はかなり辛い処置なんだよ。週に三回、太い針を腕に刺して、数時間掛けて全身の血液を器械の中を循環させて浄化する。それを一生続けていくんだ」

　秀悟が淡々と語る言葉を、愛美は黙って聞く。

「大人ですら辛い処置なのに、こんな子供ならなおさらだ。しかも、透析も完璧じゃない。長期間続けているといろいろな合併症が生じてくることもある。けれどただ一つだけ、腎不全患者が透析から離脱する方法があるんだ」

「治す方法があるんですか？」

「ああ、腎移植だよ。自分の腎臓の代わりに他人の腎臓を移植すればいい」

「他人の腎臓って……どこから持ってくるんですか」

「一番多いのは家族からもらうケースだな。生体腎移植といって、生きている人間から腎臓を一つだけ摘出して移植する。腎臓は二つあるけれど、一つでも機能していればなんとか血液の濾過《ろか》は可能なんだ。ただ、家族が望んでも、臓器が移植に適さなくてできないケースもある。その場合は臓器移植ネットワークに登録して、死体腎移植のチャンスを待つしかない」

「死体……」愛美の表情に怯えが走る。

「そう、生前に臓器移植の意思を示していた人物が亡くなった場合、家族の許可を得て臓器を移植用に摘出することができるんだ。けれど臓器を必要としている人に比べて、提供される臓器は圧倒的に少ないのが現状だ」

「そうなんですね……」愛美は曖昧《あいまい》にうなずく。

「つまり移植を強く希望しているのに、受けることができない腎不全患者がたくさんいるってことだ。そういう人たちは透析をくり返しながら、運良く自分に順番が回ってくるのを待つしかない。本当ならね……」

秀悟の含みを持たせたセリフに、愛美の表情に緊張が走る。

「本当ならって、どういう意味ですか……」

「正式な方法以外で臓器を手に入れようとする人間がいるんだよ。大金を積んでね」

「大金って……。それって、お金で……」

「そう、金で臓器を買うんだ。噂じゃ東南アジアとかの経済的に苦しい国では、裏で違法に移植用臓器の売買が行われているらしい。腎臓なら片方とっても生存は可能だし、肝臓もある程度までなら切除しても再生するから」

「そんなこと……本当に……」

愛美は片手を口に当て絶句する。

「俺もあくまで噂で聞いただけだから、実際どこまで本当なのか分からないけどね」

「それじゃあ、……その病室にいる子も、そういう違法な臓器移植を受けたってことですか？　……外国から臓器を買って？」

愛美は震える指で、数メートル先にある病室の扉をさす。

「……いや、そうじゃない。この病院で行われていたことは、ある意味もっと悪質だ」

秀悟は力なく首を左右に振りながら言葉を続ける。

「移植用の臓器はドナーの体から摘出後、できるだけ早く移植する必要がある。外国から臓器を持ってきて移植するなんて不可能なんだ。だから、この病院では院内で腎臓を調達して、それを患者に移植していたんだよ」

愛美は最初意味が分からなかったのか、眉をひそめるだけだったが、数秒後に目と口を大きく開けた。

「それって、もしかして……」

「そう、この病院は入院している患者から腎臓を抜き取って、それを他の患者に移植していたんだよ。だから一つの手術室に二つの手術台があったんだ。片方の手術台に寝かせた患者から腎臓を摘出し、すぐに隣の手術台の患者に移植できるように。この病院には常時六十人以上の患者が入院している。それだけいれば、移植希望者に適合する臓器を提供できる可能性は高い。この病院はある意味、移植臓器の見本市なんだよ」

「……そんな、そんなことしたらすぐにばれるんじゃ……。患者さんの家族とか……」

「この病院に入院している患者はほとんどが、身寄りがなかったり身元不明なうえ、意識もはっきりしていない人たちだ。そういう患者を選んで受けいれているんだよ。だから、患者たちになにをしても、ばれる危険性は低い」

愛美は口を半開きにしたまま固まっていた。

「この手術にかかわっているのは田所、東野、佐々木の三人だ。あいつらはきっと血液検査で依頼者に適合する臓器を持つ患者を見繕うと、その患者を急変したってことにして手術室に連れて行き、臓器摘出手術を行っていたんだ。そしてその臓器を移植される患者は、この廊下と一階の手術室前の廊下を繋ぐ秘密のエレベーターで手術室へと連れて行かれるって寸法だ。そうやって違法な臓器移植をして、田所たちは大金を手にしていた。院長室の金庫に入っていた三千万円、あれはきっと手術の代金だったんだろうな。表には出せない金だからこそ、あんな隠し金庫に隠していた」

秀悟は淡々と喋《しゃべ》り続ける。

「それじゃあ……、もしかしてメモに書かれていた七人の患者さんって」

「ああ、きっとあの七人全員が、腎臓を抜き取られていると思う。みんなおかしな緊急手術を受けたことになっているし、そのうえいま思えば手術後に腎機能が少し落ちていた気がする。きっと腎臓を一つ抜き取られたせいだ」

秀悟の説明を聞いた愛美は、うつむいて「……ひどい」とつぶやく。

「ああ、ひどいよ。とんでもなくひどい犯罪だ。だからこそ田所は、警察が突入して自分たちがやってきたことがばれることを恐れていた。それであんなに必死に、警察に通報させないようにしていたんだ。きっとあのピエロが消えたら、警察が来る前にそこの病室に入院している子を、こっそりとどこかに搬送するつもりだったんだろうな」

目を閉じた秀悟は大きく息をつくと、一言付け足した。

「……これが田所が必死に隠そうとしていた『秘密』だ」

廊下に沈黙がおりる。鉛のように重い沈黙。明らかになったあまりにも衝撃的な事実に、秀悟も愛美も無言のままうつむき続けていた。

数十秒後、先に沈黙を破ったのは愛美だった。

「……ピエロは？」

「え？　なにか言った？」

　秀悟は顔を上げて愛美を見る。

「あのピエロがこの病院に押し入ったのは、その『秘密』となにか関係があるんですか？　私が撃たれて拉致されたのも、その『秘密』のせいなんですか？」

　愛美の口調からは、押さえきれない怒りが滲み出していた。

「……分からない」

　秀悟は正直に答える。これまでのピエロの行動を思い起こすと、なにかはっきりとした目的があってこの病院に立てこもっているように見える一方で、行き当たりばったりに動いているようにも見える。

　ピエロの目的はなんなのか。なぜ携帯は繋がらないのか。カルテにメモを挟んだのは誰か。そして誰が佐々木を殺したのか。

　一つ「秘密」が明らかになったにもかかわらず、まだ分からないことだらけだった。

「……このあとどうしましょう？　私たち、どうなるんですか？」

　愛美は力なくつぶやきながら、すがるような視線を秀悟に向けてくる。秀悟はゆっくりと廊下を見渡した。

エレベーターを使って一階に戻っても、そこにはピエロが待ち構えている。そして、備品倉庫へと続く鉄製の扉は固く閉じている。少年が入院している病室の窓にはおそらく鉄格子が設置されているだろうし、そもそも五階の窓から脱出するなんて不可能だ。完全に袋小路に追い詰められてしまった。

「……このまま、ここで待とう」秀悟は天井を仰ぎながら言う。

「待つって、なにをですか？」

「時間が経つのをだよ。見なよ」

秀悟は左手首を指さす。そこに巻かれた腕時計の針は、午前四時八分をさしていた。

「あと一時間もしないうちに五時になる。そうすれば、早出の職員が出勤してくるはずだ。それまでにあのピエロが病院から出て行けば一番いいし、もし籠城を続けても、警察に通報がいくはずだ。下手に動くより、ここで待っていたほうが……」

秀悟がそこまで言ったとき、唐突に錠が外れる音が廊下に響いた。秀悟と愛美は同時に音がした方向に向き直る。

廊下のつきあたりにある鉄製の扉が、ゆっくりとこちら側に向かって開きはじめていた。秀悟は慌てて立ち上がると、愛美の前に立って身構えた。

開いた扉の隙間から人影が出てくる。白衣を着た二人の人影。

扉から出てきた田所と東野は、廊下に立つ秀悟たちを見て目を剝《む》いた。

「な、なんで君たちが……？」

田所の大きく開いた口から、くぐもった声が漏れる。

「……エレベーターを使って来たんですよ。隠しエレベーターをね」

一瞬の躊躇のあと、秀悟は低い声で言った。

もはや誤魔化しなどきくはずもない。なら、正面からぶつかるしかなかった。

「エレベーターって……、どうやって一階に……」

「そんなことどうでもいいでしょう」

言葉を失う田所に向けて、秀悟は冷たく言い放っていく。

「それより、なんであのエレベーターのことを黙っていたんですか？　あのエレベーターをうまく使えば、逃げることだってできたはずじゃないですか」

「それは……私たちが逃げたりしたら、あのピエロが患者を殺すかもしれないって……、だから……」

「嘘だっ！」

しどろもどろの田所の言葉を、秀悟の怒声が遮る。田所の唇が歪んだ。

「あなたは患者のことなんて、これっぽっちも考えてなんかいない。いや、違うな。正確に言えば、あなたが守ろうとしていた患者は一人だけだ」

「まさか……」

田所の視線が、秀悟のすぐ脇にある病室の扉に注がれる。

「ええ、そうです。もうその病室に入りました。中で眠っている子供も見ましたよ」

秀悟の言葉に田所の目が泳ぎはじめる。

「あ、あの子は……とある政治家の隠し子で……。えっとだね、難病を患《わずら》っていて、それを世間に知られると困るから、この病室に……。その政治家の先生がお忍びで面会に来られるようにだね……」

たどたどしく言う田所の前で、秀悟はこれ見よがしに大きなため息をつく。

「院長先生、そんな作り話は必要ないですよ。もう全部分かっているんです。そこに入院している少年は、この数日以内に腎移植を受けた。たぶん、さっき三階で倒れていた男の腎臓をね」

田所と東野の顔が、火で炙られた蠟《ろう》のようにぐにゃりと歪んだ。

「三階の男だけじゃない。あんたたちはこの数年間で、何人もの入院患者から腎臓を抜き取り、大金を受け取って他人に移植していたんだ。そして、それを隠すために警察への通報を妨害したんだ！」

一息に言うと、秀悟は荒く息をつく。

「秘密」をあばかれた田所がどんな行動に出るのか、予想がつかなかった。最悪の場合、口を封じようと襲いかかって来るかもしれない。

秀悟は軽く重心をおろし、両手の拳を握る。たとえ襲われたとしても、初老で足を怪我している田所なら、油断しない限り返り討ちにできるはず。秀悟は細かく体を震わせる田所を注意深く観察し続ける。

「……いうんだ」

うつむいた田所がなにかつぶやく。しかしその声は小さく、秀悟には聞き取ることができなかった。

「なに？　なんて言った？」

秀悟は警戒を保ったまま聞き返す。次の瞬間、田所は勢いよく顔を上げた。

「いったいなにがいけないっていうんだ！　ああ、君の言うとおりだ。私は入院患者の腎臓を腎不全の患者に移植した。それがどうしたっていうんだ！　私はただ人助けをしただけだ！」

分厚い唇を震わせ、田所はつばを飛ばしながら叫ぶ。

「な、なにを……？　そんなの犯罪にきまって……」

啞然《あぜん》とする秀悟に、田所は鋭い視線を向ける。

「たしかに私がやったことは犯罪だろう。もし世間にばれれば、私は犯罪者として逮捕されるだろう。けれどな、移植を受けた患者は透析から離脱できて、私に感謝しているんだ」

「そりゃあ移植を受けた側はそうだ。けれど、ドナーはどうなるんだよ？　勝手に体を切られて、臓器を取り出されたんだぞ」

「彼らはもう死んでいる！」

田所の言葉を聞いて、秀悟は耳を疑う。

「なに……言っているんだ、あんたは？」

「君だってこの病院の患者たちを見てきただろう。多くの患者が昏睡や、それに準じた状態だ。もう意識がはっきりと戻る可能性はほとんどない。彼らはたしかに体は生きているが、もはや人間としては死んだに等しいんだ！」

拳を振り上げ力説する田所を前にして、秀悟は嫌悪感で吐き気すらおぼえる。

「ふざけるな！　なんであんたにそんな判断ができるんだ。深昏睡《しんこんすい》状態からだって意識が戻ることもあるだろ！」

そう叫んだ瞬間、田所と東野の表情に動揺が走ったのを、秀悟は見逃さなかった。

「……いたんだな？　臓器を摘出した患者の中に、意識を取り戻した患者が」

秀悟の追及に、田所と東野は無言を貫く。その態度は、想像が正しいことを物語っていた。

「その患者は……どうなったんだ。まさか……」

舌がこわばって秀悟はうまく喋れなかった。入院患者を人間として扱っていない田所が、臓器摘出後に意識を取り戻した患者が出たときどんな行動を取るのか、想像しただけで恐ろしかった。

「違う！　君が考えるようなことはしていない。その患者は事故前の記憶を完全に失っていたんで、手術痕は元々あったものだと説明して納得してもらった。いまはしっかりリハビリもやらせていて、そのうち社会復帰させるつもりだ」

声を上ずらせながら言う田所に、秀悟は疑わしげな視線を向ける。

「……どんなに取り繕おうが、あんたは患者の体を勝手に切り刻んで金儲けをした。その事実はかわらないだろ」

秀悟が低い声で言うと、田所は唇の端を皮肉っぽく持ち上げて、引きつった笑いを浮かべる。

「き、君はさっきから偉そうに私のことを非難しているけれどな、君だってある意味、共犯じゃないか」

「共犯⁉　俺が？」

あまりにも心外な指摘に、秀悟の声が跳ね上がる。

「そうだ。君は患者から臓器を抜いていることは知らなかったが、この病院が寝たきりの患者に医療を施して収入を得ていることは知っていたはずだ！」

田所は興奮気味にまくし立てる。

「意識のない患者に胃ろうや経鼻《けいび》チューブ、中心静脈への点滴で強引に栄養を与え、腎不全患者には透析をくり返し、ちょっとでも熱が出れば抗生剤を大量に投与する。そんなのが患者のための医療だと思うのか？　けれど、いまの日本ではそんな強引な延命処置が普通に行われてる。うちの病院はそうやって医療費を稼いでいて、そして君はそこに勤めているんだ！」

「俺は当直中に、状態が悪くなった患者の処置をしていただけだ！」

あまりにも理不尽な田所の糾弾《きゅうだん》に、秀悟は顔を紅潮させる。

「週に一回だけの当直だから責任がないって言うのか？　そうやって得てきた医療

費の中から当直代をもらっているくせに？　うちから給料をもらっている時点で、君だってこの病院の一員だ。この病院で行われていることに責任があるんだ！」

　声を枯らしながら叫ぶ田所の言葉は、すでに支離滅裂になっていた。秀悟は反論することをやめる。こんな状態の男になにを言っても無駄だ。それに……田所にも一理あるのかもしれない。

　秀悟はこの病院で見てきた患者たちを思い起こす。不自然な医療処置によってむりやり生命を維持している患者たち。たしかに自分はそれを行う側の人間なのだ。

「……秀悟さん」

　後ろから愛美の不安げな声が聞こえてくる。秀悟は振り返って「大丈夫だよ」とつぶやくと、一歩田所に近づいた。田所は血走った目を向けてくる。

「俺に責任があるかどうか分かりません。けれど、もし無事にこの病院から出られたら、俺はすぐに警察に行きます。だから、もう諦《あきら》めてください」

　田所の唇が歪み、歯茎まで剝き出しになる。

「ま、待ってくれ！　これはそんなに単純な話じゃないんだ。これは私だけの問題じゃない。このことが知られたら世間が大変なことに……」

「……移植を受けた奴らの中に、有名人でもいるってことですか？」

「……ああ、そうだ」

田所はためらいがちにうなずくと、上半身を乗り出してきた。

「もし、もし黙っていてくれたら、君にも分け前を渡そう。かなりの大金だよ」

媚《こ》びるような笑みを浮かべる田所を、秀悟は冷然と見つめる。脳内ではこれからどうするべきか、様々なシミュレーションが行われていた。

「もちろん、黙っていてくれるなら、そちらの女性にもお礼を払わせてもらう。たしかに今夜、こんな事件に巻き込まれてしまったことは不幸だったけれど、それに見合うだけの金額を補償させてもらうよ。それでどうだろう？」

「ふざけないでください！　私はそんな……」

抗議の声を上げかけた愛美の前に、秀悟が手をかざす。愛美は不思議そうに、「秀悟さん？」とつぶやいた。

「いくらですか？」

顎を引いた秀悟は、上目遣いに田所を見ながら訊ねる。田所の表情が輝き、背後から愛美の息を呑む音が聞こえた。

「そ、そうだな。すぐに用意できるのは五千万円ぐらい。けれど、ちょっと待ってくれればもっと上乗せできる。たぶん……七千万ぐらいなら」

「分かりました、それでいいです。七千万を俺と彼女で折半します」

「なに言っているんですか!?」

金切り声を上げた愛美に、秀悟は向き直る。

「いいから言われた通りにしよう。これだけの目にあってなんのリターンもないなんてあり得ない。けれど、三千五百万が手に入るなら悪くはないだろ」

「本気……なんですか?」目を見開いた愛美は、声を震わせる。

「ああ、本気だ。こうするのが一番いい方法だよ。いまは納得できないかもしれないけれど、あとになって落ち着いて考えれば、この選択が正しかったって理解できるさ」

「患者さんは、腎臓を取られた患者さんはどうなるんですか!?」

「さっき院長先生が言っただろ。臓器を抜き取るのは、もう意識が戻る可能性が低い患者たちからだ。文句は言わないよ。それどころかその患者たちだって、自分の臓器で人助けをすることができたんだ。喜ぶんじゃないかな?」

「さっき……意識が戻った患者さんもいるって……」

「まあ、その人には運が悪かったって諦めてもらうしかないな。大丈夫、片方腎臓が残っていたら、日常生活は問題なく送れるよ」

秀悟は淡々と言う。愛美はピンク色の唇をへの字にすると、大きく手を振りかぶった。ぱんっという乾いた音が廊下に響く。

「……満足かい？」

平手で張られた頬をさすりながら言う秀悟から、愛美は視線を外した。その顔は痛みに耐えるかのように歪んでいた。

「あの、……彼女は大丈夫なのかな？」

肩をすくめて苦笑する秀悟に、田所が声を掛ける。

「大丈夫ですよ。ちゃんと言い聞かせますから。彼女は馬鹿じゃない。しっかり説明すれば理解してくれるはずです」

「それならいいけれど……」

田所は不安げな視線を愛美に送る。

「それより院長、今回ばれなければ、今後も移植は続けていくんですよね？」

秀悟は軽い口調で訊ねた。田所は「いや……それは……」と言葉を濁す。

「やめてくださいよ、俺が一枚嚙んだと同時に中止するなんて。こんな危ない橋を渡るんだから、今後も稼がせてもらわないと割に合わないです。これまでお目に掛ける機会はなかったですけど、俺は結構腕のいい外科医です。助手として手術に協力しますから、今後もお願いしますよ。……これを」

秀悟は親指と人差し指で円を作る。

「……分かった。君にも稼げるように手を打つよ。それならいいだろ」

「ええ、もちろんです。これで商談成立ですね」

秀悟は満面の笑みを浮かべながら手を差しだした。田所はその手をためらいがちに握る。

「それじゃあ院長先生、これからどうしましょうか？」

「あ、ああ、そうだね。私はあのピエロが消えるまでここにこもるのがいいと思う。そこの扉は鉄製で頑丈だし、備品倉庫の方からは扉だとわかりにくくなっているんだ。きっとピエロはここには入ってこられないよ。五時になってあのピエロがいなくなったら、隠すべきものを隠してから警察に通報を……」

「あのピエロ、いなくなりますかね？」秀悟はぼそりとつぶやく。

「は？　どういう意味かな？」

「言葉どおりの意味ですよ。院長先生、もう『共犯』になったんだから、正直に答えてください」

秀悟はそこで言葉を切ると、顔から笑みを消し去る。

「ピエロの正体に心当たりはないですか？」

「な、なんで私があいつの正体なんて……、なあ」

田所はすぐそばに立つ東野に水を向ける。憔悴《しょうすい》しきった表情を晒《さら》した東野は、気《け》怠《だる》そうにうなずいた。

「本当にそうですか？　先生はあの男が強盗犯だと思っている、と言うかそう思い込もうとしているようですけど、他の可能性もあるんじゃないですか？」

秀悟は顎を引くと、田所たちを睨《ね》め上げる。

「な、なにを……」田所は軽くのけぞった。

「さっきも言ったでしょ。先生が院長室の金庫から金を渡したとき、あの男は金よりも他のなにかを探していた。三千万円なんていう大金を手に入れたっていうのに、喜ぶどころか激怒してあなたを撃ち殺しそうになったんですよ。もしあの男がたんなる強盗なら、あまりにもおかしな行動じゃないですか」

「それは……」

「あのピエロはたんなる強盗犯じゃなく、最初からこの病院を狙《ねら》って押し入ったのかもしれない。金以外の目的でね。もしそうだとしたら、五時になればこの病院から出て行くっていう前提が崩れてくる。その場合、どうすればいいか考えないといけないんじゃないですか？」

　低い声で言う秀悟の前で、田所は喉を鳴らしてつばを飲む。

　そのとき、秀悟の背後からぽーんというどこか陽気な電子音が響いた。反射的に振り返った秀悟の喉から、くぐもったうめき声が漏れる。

「こんなところにいやがったか」

　エレベーターから降りてきたピエロは、笑みを浮かべるその仮面には似合わない剣呑《けんのん》な声で言った。

4

「な、なんで……」

　秀悟が喉の奥からかすれた声をしぼり出すと、ピエロは拳銃を持つ右手をあげながら、ゆっくりと廊下を進みはじめた。秀悟は慌てて愛美の前に立つ。

「なんで？　なんで俺がエレベーターを見つけられたかってか？」

　脅しつけるように言いながら、ピエロは近づいてくる。秀悟たちはじりじりと後ずさった。

「馬鹿みてえな音を立ててたテレビを消して一階に戻ったら、手術室の方からなんか音がしたんで、そっちに行ってみたんだよ。けど、誰もいなかったから、手術室とか廊下とかを必死に探した。誰か隠れているかもしれないと思ってな。そうしたら気がついたんだよ、壁がちょっと開いていることにな」

ピエロが早口にまくし立てるのを聞いて、秀悟の表情が歪んだ。エレベーターに乗ったとき、内側から隠し扉を閉めたつもりになっていた。けれどあそこが開いていたのか……。後悔がじりじりと秀悟を責め立てる。

「開いてみて驚いたぜ、いきなりエレベーターが出てきたんだからな。とりあえず乗って上がってみたら、お前らがいたときた。おい、院長先生よぉ、ここはどこなんだよ」

「……五階にある倉庫の奥だ」

田所はおどおどとした態度で言う。

「倉庫？　ああ、あの院長室の奥にあった扉のあっち側か。けど、なんで倉庫の奥にこんな廊下があるんだよ？」

銃口を田所に向けながら、ピエロは苛立たしげに訊ねる。

「ここは……、ここはＶＩＰ用の病室だ。入院していることを知られたくない患者が、内密に入院できるようになっている。それだけだ」

一瞬口ごもったあと、田所は早口で言う。嘘ではないが完全な真実でもない説明。下手に誤魔化すよりは真実味があった。

「ちゅうことは、その部屋にはＶＩＰが入院しているってわけか。なら、お前らより人質として価値があるかもな」

「い、いま入院しているのは子供だ！　わ、私の甥っ子で、私が常に診察できるようにそこに置いているだけだ。甥には手は出さないでくれ！　まだ小学生なんだ！」

田所は必死にでまかせをまくし立てる。ピエロは仮面から露出している目をすっと細くすると、拳銃を秀悟たちに向けたまま病室の扉に近づき、引き戸をわずかに開けて中を覗き込んだ。

すぐに扉を閉めたピエロは、忌々《いまいま》しげに「本当に子供かよ」とつぶやく。

「その子、その子には手を出さないでくれ。お願いだから……」

田所は祈りでも捧げるかのように両手をすりあわせる。

「人聞きの悪いこと言うんじゃねえよ。俺だってな、子供をどうこうしようなんて思わねえ。お前らさえおとなしくしていればな」

ピエロは大きな舌打ちとともに言う。田所は両手を合わせたまま安堵の表情を浮かべた。

「……とりあえず、下に戻るぞ。お前ら全員だ。そっちの扉からいけるんだろ、さっさと行けよ」

ピエロは顎をしゃくる。秀悟たちは指示どおり、田所を先頭にのろのろと廊下を進みはじめた。

ピエロに拳銃で狙われたまま、秀悟たちは大量のカルテや医療機器が保管された備品倉庫を抜け、院長室前の廊下を進み、階段で二階へと下りた。足に怪我をしている田所がいるため、それだけで十分近くの時間がかかった。

「さて、とりあえずお前ら、椅子を持ってきて座りな」

秀悟たち四人が透析室の中心辺りまで来ると、ピエロは指示を出す。

「……座らせてどうしようって言うんだ？」

秀悟が警戒しながら訊ねると、ピエロは鼻を鳴らした。

「お前らを椅子に縛りつけて、おかしなことができないようにするんだよ。おい、そう言えばもう一人の女はどうした。あの影の薄い女はよ」

ピエロはきょろきょろと透析室を見回しはじめる。

「まさかあの女、一人でどっかに隠れていやがるのかよ。ふざけやがって」

床を蹴るピエロを前にして、秀悟は眉根を寄せる。ピエロが本当に佐々木の死亡を知らないのか、それともそう装っているだけなのか、判断ができなかった。

「おい、訊《き》いているだろ。あの看護師はどこにいやがるんだよ」

ピエロは秀悟に視線を向けてくる。どう答えるべきか秀悟が迷っている間に、金切り声が響いた。

「あなたが殺したんじゃないの！」

この数十分、ほとんど口をきくことがなかった東野が、丸い顔を真っ赤に紅潮させながら叫んだ。

「なにしらを切っているのよ！　あなたよ、あなたが佐々木ちゃんを殺したのよ！　なんで佐々木ちゃんを殺す必要があったのよ、この人殺し！」

目を血走らせ、口の端に泡をつけながら東野は叫び続ける。ピエロの目が大きく見開かれた。

「殺した？　なに言ってんだよ、お前は。俺は誰も殺してなんか……」

「あんた以外の誰が殺すっていうのよ！　佐々木ちゃんは来月には結婚して、この病院を辞める予定だったのよ。それなのになんでこんなことに……」

東野は両手で顔を覆うと、その場に崩れ落ちる。もともと丸い体をさらに丸めて嗚咽を漏らす東野を、ピエロは呆然と見つめる。

「な、なんだよ……。本当に人が死んでんのかよ? 嘘だろ、俺はそんなこと……」

ピエロの半開きになった口から弱々しい声が漏れる。

混沌とする事態を秀悟は冷静に眺めていた。一見したところ、ピエロと東野の動揺は演技ではないように感じた。佐々木を殺したのはこの二人ではないとすると……。

秀悟の視線はすぐそばに立つ田所に引きつけられる。

次の瞬間、秀悟は目を大きく見開き、視線を宙空《ちゅうくう》に彷徨《さまよ》わせた。一瞬、「あの音」が聞こえた気がした。

気のせい? 全神経を聴覚に集中させると、かすかに、本当にかすかにだが確実に、「あの音」が鼓膜を揺らした。

気のせいじゃない! 確信した秀悟の顔がこわばるのと同時に、その場にいた他の者たちにも動揺が走る。

ピエロが床を蹴ってカーテンの閉められた窓へと走った。カーテンをわずかに開けて外を覗き込んだピエロは、数秒間その場で動きを止めると、ゆっくりと振り返って秀悟たちを見た。

「……これはどういうことだよ？」

感情を押し殺した声でつぶやくと、ピエロはゆっくりとカーテンを開ける。

病院の裏手にある駐車場、そこにサイレンを鳴らしたパトカーが、何台も連なって走り込んきていた。

赤色灯の不吉な光がピエロの横顔を照らした。

第四章　仮面の剝落《はくらく》

1

パイプ椅子に腰掛けた秀悟は、腕時計に視線を落とす。時刻は午前四時五十分をさしていた。本来なら、あと十分で解放されるはずだった。ピエロが病院から出て行き、安全が確保されるはずだった。けれど、すでにその望みは消え失せていた。

秀悟はピエロを見る。警官に包囲されてからの約二十分、ピエロはせわしなく室内を歩いては、時々閉じられたカーテンに手を掛け、外を観察していた。すべての窓を覗くたびに舌打ちを響かせているのを見ると、この病院は完全に包囲されているのだろう。

秀悟は自らの周囲に視線を向ける。田所、東野、そして愛美の三人が秀悟を取り囲むようにパイプ椅子を並べ、座っていた。三人ともその顔には疲労が色濃く滲《にじ》んでいる。

俺もひどい顔をしているんだろうな。体の芯に重い疲労感をおぼえながら、秀悟は愛美の横顔に視線を注ぐ。

田所の「共犯」となることに同意してから、愛美とは一言も口をきいていなかった。

秀悟の視線に気づいたのか、愛美は口元をこわばらせると、明後日の方向を見る。秀悟はうつむいて深いため息をつく。できることなら愛美と話したいが、この状態ではそれもできなかった。

秀悟の視界にスニーカーを履いた足が入り込んでくる。顔を上げると、目の前に拳銃を構えたピエロが立っていた。

「……誰だ？」

ピエロは脅しつけるような低い声で言う。

「誰が通報したんだ？」

そう、それだ。いったい誰が通報したんだ？　秀悟もこの二十分、そのことを考え続けていたが、いまだに結論は出ていなかった。

俺と愛美は通報しようとしたけれど失敗した。そして、あれほど必死に通報を妨げてきた田所とも思えない。それなら東野か？　佐々木が殺されたことで精神的に限界が来て、田所の命令に逆らって通報したのか？

「誰が通報したかって訊《き》いているんだよ！」

ヒステリックに叫びながら、ピエロは銃を左右に動かす。

「最初に言っていたよな、もし通報なんかしたらただじゃおかねえって。誰だ、誰が警察なんて呼びやがった！　院長、お前か！」

喉を枯らしながらピエロは田所に銃口を向ける。田所は両手を体の前に掲げ、体を小さくする。

「違う！　私は通報なんてしていない。だから撃たないでくれ！」

震えながら叫ぶ田所を見ながら、秀悟は考え続ける。

そもそも、「誰が」以前に「どうやって」通報したというのだろう？　院内の固定電話はすべて不通になっているうえ、携帯電話は圏外になっている。たとえ通報しようにもできないじゃないか。もしかしたら、院外の誰かが異常に気づいて通報したのかも……。

秀悟がそこまで考えたところで、唐突にジャズミュージックが部屋に響いた。この場に似合わない陽気な旋律、秀悟は音源を探して周囲を見回す。

「……私の携帯電話だ」

田所が白衣からおずおずと二つ折りの携帯電話を取りだした。

携帯電話が繋がっている？　秀悟は白衣のポケットに手を突っ込み、自分のスマートフォンを取り出す。液晶画面には電波マークが三本とも立っていた。

「誰からだ？」

ピエロは低い声で訊《たず》ねる。

「し、知らない番号からだ」

田所は上ずった声で答えた。ピエロは数秒間、無言になったあとに秀悟に向かって顎をしゃくる。

「お前が出ろ」

「え？　俺が？」

虚を衝《つ》かれた秀悟は、自分を指さしながら呆《ほう》けた声を出す。

「ああ、そうだ。お前が一番冷静そうだ。いいからさっさとしろ！」

「あ、ああ、分かった」

秀悟は慌てて田所から携帯電話を受け取ると、通話ボタンを押して顔の横に当てる。

「田所先生でしょうか?」

男の声が聞こえてくる。低く落ち着いたその口調からすると、おそらくは中年の男だろう。

「いえ……田所先生はいまちょっと電話に出られない状況でして……」

田所の知り合いだろうか? 秀悟は戸惑いながらこたえる。

「そうですか。私は警視庁の角倉《かどくら》といいます。間違っていたら申し訳ないが、もしかしたら、君が田所病院に立てこもっている人かな?」

相変わらず落ち着いた声で、角倉と名乗った男は言った。警察からの電話、予想外のことに秀悟はどう反応していいか分からなくなる。

「あの、ちょっと待っていてください」

秀悟は送話口を手で押さえながらピエロを見る。

「警察からだ! 犯人かどうか訊いてきている」

秀悟が泡を食って言うと、ピエロは唇の端を持ち上げた。

「はっ、ようやくかよ。いいか、よく聞けよ。まずは自分が誰なのか名乗ったうえで、警察にこの番号に連絡するように言え。そうしたら、無駄なことを言わずに電話を切るんだ。いいな？」

　ピエロはジーンズの尻ポケットから、一枚のメモ用紙を取り出した。そこには「090」から始まる電話番号が記してあった。

「あ、あの。お待たせしてしまって申し訳ありません」

「いや、かまわないよ。それで繰り返しになってしまうけど、君が籠城《ろうじょう》している男なのかな？」

　角倉は電話先で同じ質問をする。

「いえ、私は人質の一人です。犯人に指示されてあなたと喋《しゃべ》っています。今夜、この病院の当直をしていた医者で、速水秀悟といいます」

「速水先生ですね。承知いたしました。ただ、こちらが得ていた情報では、本日の当直医は調布第一総合病院泌尿器科《ひにょうきか》の、小堺司《つかさ》先生だと伺っていたのですが」

　秀悟は目を見張る。この病院が占拠されていると分かってから、それほど時間は経っていないはずだ。それなのに、そこまで調べがついているのか。

「はい、もともとはその予定でしたが、直前になって小堺先生が都合悪くなったので、私が代わりに当直することになったんです。私は小堺先生の後輩で、同じ病院に勤めています」

「なるほど、分かりました。ちなみにそちらの状況は伺うことができますか？」

「いえ、犯人にそのことは禁止されています。ちなみに、犯人はこれから言う番号にあらためて電話をしてくるように指示しています。メモはとれますか？」

「大丈夫です、どうぞ」

「お願いします。０９０の……」

秀悟はメモ用紙に書かれた電話番号を告げると、「切ります」と角倉に伝えてから通話を終える。

「言われた通りにしたぞ」

秀悟が携帯を持った手を下げると、ピエロは満足げにうなずいた。

「よし、それじゃあお前らの携帯は電源を切れ。これからこの病院のことがニュースになるだろ。そうしたら、お前らにばんばん電話がかかってくるかもしれないからな」

秀悟はうなずくと言われた通りにする。田所も白衣のポケットから東野と佐々木、二台の機器を取り出し、電源を落とした。

「お前はこれを持っておけ」

ピエロはジャケットの内ポケットから小さい携帯電話を取り出し、秀悟に向かって下手で投げてきた。秀悟は両手でそれを受け取る。ピエロが手術室でワンセグ放送を見たスマートフォンとは別の、シンプルな携帯電話だった。

「これは？」

「裏で手に入れたプリペイド式の携帯だよ。それならこっちの身元を知られる心配もねえ。警察とはそれで会話するんだ」

プリペイド式の携帯電話？　わざわざそんなものを？　疑問が口をつきそうになるが、その前に着信音が鳴りはじめた。

「おい、なんて言えばいいんだ。あっちは状況を聞いてくるぞ」

「そのまま伝えてかまわねえよ。……ただ、死人が出たことは言うな。あと、もし院内に警官が入ってきたら、人質を殺すって伝えろ」

「……わかった」

秀悟はつばを飲むと、通話ボタンを押す。

「もしもし、こちらは角倉です。そちらは……」

「先ほど話した速水です。犯人の指示で話しています」

「速水先生ですね。できれば犯人と直接話したいんですが、それができるかどうか訊いてみて頂けますか？」

「はい」秀悟は再び通話口を押さえ、ピエロを見る。「警察の人が直接話したいって言ってる」

「いやだね。そいつはどうせ交渉のスペシャリストだろ。そんな奴と直接話したら、いいように操られるかもしれねえ。交渉はお前を通してやる。そう言え」

ピエロはかぶりを振った。秀悟は通話口を押さえていた手を離す。

「直接話したくはないそうです。交渉は私を通して行うと言っています」

「分かりました。気が変わったらいつでも話をすると伝えておいてください。それで速水先生、そちらの状況を話すことは可能ですか?」

角倉は相変わらず、低く落ち着いた声で訊ねる。

「はい。いま院内には医療スタッフが……四人と、犯人が連れてきた女性、そして六十人以上の患者が人質になっています。患者は三階から上にいて、私たち五人は二階で拳銃をもった犯人に監禁されています。犯人はもし警官が院内に入ってきたら、私たちを撃つと脅しています」

「承知しました。それでは、いまその階にいる方々のお名前をお教え頂けますか?」

「私と、院長の田所先生、看護師の東野さんと……佐々木さん。そして犯人に連れてこられた川崎さんです」

「その川崎さんというのは、調布市の路上で犯人に拉致された女性ですか？　もしそうなら、フルネームなど身元が分かると助かります」

「フルネームは川崎愛美さんです。愛するに、美しい。近くの女子大に通っていると言うことですが……」

秀悟がどこの大学に通っているのか訊ねようと視線を向けると、愛美は露骨に顔を背けた。田所と手を組んだことをいまだに許してくれていないらしい。

「いつまでぐだぐだ喋ってるんだよ。もう十分話はしただろ。さっさと電話を切りな」

ピエロは苛立たしげに吐き捨てながら、拳銃で秀悟を狙《ねら》う。

「犯人の指示なので一度切ります」

「待ってください。最後に、なにか要求はないのか犯人に訊いて頂けますか？」

通話を終えようとした秀悟に、角倉が言う。

「警察がなにか要求はないのかって訊いてきている」

秀悟の言葉を訊いて、ピエロの露出した唇に笑みが浮かぶ。

「あと何時間か待てって伝えろ。昼前には要求を伝えるからってな。その要求に答えてくれたら、人質を解放してもいい」

要求？　いったいなにを要求するっていうんだ？　秀悟は眉根を寄せながらも、ピエロの言葉をそのまま角倉に伝え、通話を終えた。

「……これでいいのか？」

秀悟が訊ねると、ピエロは目を細くした。

「ああ、これでいい……」

やけに落ち着いた口調でつぶやくピエロを、秀悟は無言で見つめ続けた。

『現場です。昨夜調布市のコンビニエンスストアに押し入り、拳銃を発砲して現金を奪った男は現在、人質を取ってこの病院に立てこもっているということです。また男は逃走する際に、近くを歩いていた女性を拉致したという目撃情報もあり、警察の話ではその女性も現在人質になっている模様です。人質はその女性と入院患者、夜勤の医療スタッフを合わせ数十人にのぼるとみられており、その安否が心配されています。現在も警察による必死の説得が続けられていますが、犯人側からはまだ目立った動きはありません。こちらからは以上です』

液晶画面のなかで女性リポーターが早口で喋る。ワンセグモードにしたスマートフォンでそれを眺めながら窓際に立っていたピエロは、画面に触れてチャンネルを変える。そのチャンネルでも、画面には外から撮影した田所病院の姿が映し出されていた。

すでに時刻は午前六時を回っている。警察が田所病院を取り囲んでから約一時間半が過ぎ、朝のニュース番組の多くがこの田所病院での立てこもりを中継で伝えていた。

スマートフォンをポケットにしまったピエロは、カーテンの隙間から外に視線を向ける。この一時間ほど、ピエロはこうやってニュース番組と病院の外を数分おきに眺め続けていた。

パイプ椅子に腰掛けて腕を組みながら、秀悟はピエロを観察し続ける。角倉と話してから一時間、人質となっている秀悟たちはほとんど言葉を交わすことがなかった。愛美は露骨に秀悟を避けているし、田所と東野は痛々しいほどに消耗していて自分たちから口を開くことはなかった。重苦しい沈黙が続いた一時間、しかしそのおかげで、秀悟はじっくりと思考を練ることができていた。

いまなにが起こっているのか、そしてこれからどうするべきなのか。

限界まで脳を働かせた結果、一つの仮説ができあがっていた。普通に考えたらあり得ないような仮説。しかし、それ以外に考えられない。

それなら……。

白衣のポケットに入っていたマジックペンを右手の指先で回し、左手に持った携帯電話を眺めながらこれから取るべき行動をシミュレートしていると、電話から着信音が響きだす。おそらくは角倉からの連絡だろう。この一時間、何回か着信があったが、最初のとき以降ピエロが電話に出るのを許可することはなかった。

「また電話が鳴ってるぞ」秀悟はピエロに向かって携帯電話を掲げる。

「……無視しておけ」

つまらなそうに言ったピエロが、再び外を眺めるのを確認した秀悟は、ゆっくりとパイプ椅子から腰を上げた。すぐそばに座っていた愛美の顔に驚きが走る。

唇の前に人差し指を立てて、口を開きかけた愛美を制すると、秀悟は手の中でぐずるように着信音を立て続ける携帯電話に視線を落とす。

自分の想像が正しければ、これで事態は大きく前進するはずだ。けれど、もし間違っていたら……。

激しい葛藤が胸の中で渦巻く。秀悟は歯を食いしばりつつ覚悟をきめると、電話を顔の横に持っていった。

「もしもし、角倉さんですか？　速水です。犯人からの要求を伝えます」

秀悟は早口で喋りながら、透析《とうせき》室の奥へと後ずさっていく。三人の人質たちが目を剝いて秀悟を見た。

「裏口に食事を用意してください。なんでもいいですからできるだけ早く。え？　念のために前もって用意してあるんですか？　ええ、それでかまいません」

「お前、なにやってるんだ!?」

秀悟の行動に気づいたピエロが怒声を上げる。しかし、秀悟はさらに後ずさりながら喋り続ける。

「扉の前にそれを置いたら、警官を下げてください。私たちで中に運びます。もちろん警察は院内に入ったり、取りに行った人質を助けようとしないでください。そうしないと残りの人質を殺すって犯人が言っています」

「なに勝手なこと言ってやがる。切れ！　いますぐに電話を切るんだよ！」

ピエロは叫びつつ、銃口を十メートルほど離れた秀悟に向けた。人差し指が引き金にかかる。

「それじゃあよろしくお願いします。他の要求はまた伝えます」

早口で言うと、秀悟は携帯電話を持ったまま両手を上げた。

「……お前、なんのつもりだ？」

ピエロは血走った目で秀悟をにらみつける。

「聞いたとおりだよ。食事を要求したんだ。警察は前もって用意しておいたから、すぐに裏口に持ってきてくれるってさ。準備いいよな」

軽い口調で言いながら、秀悟は笑みを浮かべる。しかし態度とは裏腹に、心臓は激しく鼓動し、背中には冷たい汗が伝っていた。

この男はここで撃ったりはしないはずだ。きっとそのはず……。

自分に向けられる銃口に吸い込まれていくような錯覚をおぼえながら、秀悟は必死に恐怖を押し殺す。

「誰がそんなことしろって言った！　俺は電話に出るなって言ったんだ」

「あんたがこの一時間なんにもしないから、代わりに俺が要求してやったんだろ。あんただって昨日の夜からなにも食べてなくて、腹が減っているはずだ。少なくとも俺は減っている。こんな状態がいつまで続くのか知らないけどな、飯ぐらい食わないとぶっ倒れちまうだろ」

秀悟は声を上ずらせながら喋り続けた。

「余計なお世話だ。お前のせいで計画が狂っちまうだろうが！」

ピエロが大股に近づいてくる。二人の距離が二メートルほどになる。

「そんなに怒るなって。きっと腹が減っているからそんなに苛ついてんだよ。とりあえず、院長と東野さんに食事を取ってきてもらおうぜ。二人なら入院患者を置いて逃げ出すなんてことはしないだろうからさ」

「うるさい！　俺に命令すんじゃねえ。勝手なことやりやがって！」

拳銃を構えたまま、ピエロは口からつばを飛ばして怒鳴り続ける。そんなピエロの眼前に、秀悟は携帯電話を突きつけた。ピエロの体が一瞬びくりと震える。引き金にかかった指に力がこもるのが見え、秀悟は歯を食いしばる。

「なら……お前がやれ」

食いしばった歯の隙間から、秀悟は声を絞り出した。

「……え？」

虚を衝《つ》かれたかのように、ピエロは声を上げる。

「そんなに不満なら、俺なんかに携帯を渡さないで、自分で警察と交渉しろって言っているんだよ！　俺を間に立てなくちゃ警察と話せないような小心者のくせに、偉そうにしてんじゃねえ！　これ以上、こんな状況で待たされるのはごめんなんだよ！」

秀悟の声が部屋の空気を震わせる。十メートルほど離れた位置にいる田所、東野、そして愛美の三人は息を殺して成り行きを見守っていた。

ピエロは無言のまま、秀悟が差し出した携帯電話に鋭い視線を浴びせ続ける。部屋の空気が硬直していく。

「……どうするんだよ？　携帯を受け取るのか、受け取らないのか？」

一転して落ち着いた口調で訊ねながら、秀悟はピエロに向かって携帯を差し出し続けた。

数秒の沈黙の後、ピエロは奪い取るように携帯を受け取ると、ジーンズのポケットへとねじ込んだ。秀悟の額を狙っていた拳銃が下ろされる。秀悟は両手を膝に当てて大きく息をついた。

「おい、院長先生よぉ」

振り返ったピエロはつまらなさそうに言う。

「そこの看護師つれて、裏口から飯を取ってこい」

「え？」田所は不思議そうに何度もまばたきをくり返す。

「たしかに腹は減ってるからな。ああ、間違ってもそのまま逃げようとなんてするんじゃねえぞ。逃げたりなんかしたら、患者を何人かぶっ殺すからな。まあ、院長が患者置いて逃げるわけがねえよな」、ピエロはマスクの上から頭をがりがりと掻《か》くと、なかなか動き出さない田所たちに向かって「さっさとしろよ！」と怒声をぶつける。田所と東野ははじかれたように立ち上がると、奥にあるエレベーターに向かって歩きはじめた。

田所たちと秀悟がすれ違う。その瞬間、秀悟は田所に目配せをした。田所は一瞬いぶかしげな表情を浮かべたあと、すぐに腫《は》れぼったい目を見開き、小さくうなずいた。

さあ、これからが本番だ。田所と東野の姿がエレベーターの中に消えていくのを見送りながら、秀悟は拳を握りしめた。

2

足が痛む。数時間前に銃弾がかすった右足は、踏み出すたびに痺《しび》れるような痛みが走った。しかし、そんなことを気にしている場合じゃない。

エレベーターで一階へと降りた田所は、痛みに耐えながら足を進める。

「あの、院長先生……」

「いいからついてこい！」

背後から声を掛けてくる東野を怒鳴りつけると、田所は鉄製の扉の前に立った。外来待合室と手術室へと繋がる廊下を隔てる扉。

田所は両手を扉に掛けると、力いっぱい押す。踏ん張った右足に焼け付くような痛みが走るが、かまわずに力を込め続ける。ゆっくりと開いた扉の隙間に、田所は腹の出た体をねじ込んだ。

廊下にあった隠し扉が開き、その奥のエレベーターがあらわになっていた。田所は足を引きずりながらそこに近づくと、隠し扉を閉める。

速水が推理したとおり、このエレベーターは「秘密の手術」を受ける患者の運送手段だった。移植を受ける患者はこのエレベーターで、人目につくことなく特別病室と手術室を行き来できる。一階と五階を直接繋ぐこのエレベーターの存在こそ、田所に「秘密の手術」を思いつかせた元凶だった。

もともと精神科病院だったこの病院を買いとったときから、この隠しエレベーターはあった。改装する前、五階に症状の重い患者用の隔離病室があったことを考えると、通常の処置では症状が抑えきれない患者に対して電気療法などの処置を行う際に、他の患者に見られないように処置室へと運ぶために使われていたのだろう。

田所は血が滲むほどに強く唇を噛む。すべての始まりは、あのアメリカの大手証券会社の破綻《はたん》だった。それから始まった世界的な不況によって、以前から投機的な投資を行っていた田所は莫大な損失をこうむり、大きな借金を背負うことになってしまった。窮地に陥った田所が悩みに悩んだ末に思いついたのが、あの「秘密の手術」だった。

外来透析《とうせき》に通っていた患者の中に、一代で巨大ＩＴ企業を作り上げ、その会長職に就いている男がいた。糖尿病腎症による腎不全で五年以上透析を続けていたその男は、口癖のように言っていた。

「なんで、どんなに金を積んでも腎臓は手に入れられないんだよ。もし透析をやめられるなら、俺はいくらでも払ってやるっていうのによ」

田所はある日、透析が終わったその男を院長室に呼んで、おそるおそる切り出した。「もし腎臓が手に入るって言ったら、いくら払うことができますか？」と。

「あくまで仮定の話」として口にした計画を聞いたその男は、ほとんど無駄な質問をすることなく、すぐに医療法人に大金を寄付してきた。二十年以上使っていなかったエレベーターを新調し、手術室を移植可能なものに替え、五階に秘密の病室を作るのに必要な費用を。

数年前に離婚して子供の進学費用に困っていた東野、付き合っていた男の連帯保証人になり、その男に逃げられて多額の借金を背負っていた佐々木など、田所は金に困っている職員を共犯者として引き入れた。そうして準備を整えた田所は、数年間昏睡が続いている入院患者から適合する腎臓を摘出し、金を出してくれた男に移植してやった。

移植は想像以上にうまくいき、辛《つら》い透析から離脱できた男は喜んで田所の借金を帳消しにできるだけの金を払ってくれた。

あのときにやめておけば……。後悔が胸を焼く。

あのときにやめておけば、これほどのリスクを背負うことはなかった。しかし、あまりにも簡単に大金を手にすることができたという成功体験が、止まることを許さなかった。それに、最初に手術を受けた男が、同じような境遇の人間を紹介してくるようになってしまった。

自分のやっていることが明るみに出るリスクに怯えながらも、田所たちはこの四年間、「秘密の手術」をくり返した。回数を重ねるたびに慣れが生じ、いつの間にか罪悪感は薄くなっていた。もはや社会復帰できる可能性のほとんどない患者たち、自分は彼らの臓器を有効に利用してやっている。そんな詭弁《きべん》も、くり返し自分に言い聞かせるうちに、本当にそう思うようになりつつあった。

田所は奥歯を軋《きし》ませる。来月には佐々木が結婚して退職する。だから、今回で「秘密の手術」から手を引く予定だった。それなのに、よりによってこのタイミングで……。

廊下に積まれている段ボールの一つを開くと、田所は中に乱雑に詰め込まれている点滴袋を片っ端から外に放りだしていく。

「院長先生……なにを？」

すぐそばに立つ東野が不安げに訊ねてくるが、田所は無言で手を動かし続けた。

「あの、早く裏口に行って食べ物を運ばないと……」

「うるさい！　黙っていろ！」

東野を怒鳴りつけた田所の指先に、硬いものが触れた。

あった！　田所は点滴袋の山の中に両手を突っ込むと、そこに埋まっているものを取り出す。Ａ４サイズのバインダーが中からあらわれた。

これだ、これを始末しないと。田所はバインダーを抱きかかえるように持つ。

もともとは院長室の金庫の中に隠していたものだった。しかし、院長室が荒らされたのを見て、誰かがこのバインダーが院長室にあることを知っていて、室内を荒らしたのではないかと思い、五階の備品倉庫の隅に隠していた。そして数時間前、殺された佐々木を前にして東野が恐慌状態に陥り、「手術室の電話で通報するべきだ」と騒ぎ出したため、念のために手術室に行って電話のコードを切断した際に、備品倉庫から一階に持ってきて、この段ボールの中に隠した。ピエロが常に監視している一階、そこなら盲点になり、見つかる可能性が低いと考えた。

「それは……なんですか？」東野がおずおずと訊ねてくる。

「……移植患者のデータだ」

東野に一瞥《いちべつ》もくれることなく田所は答えた。このバインダーの中には、これまでに「秘密の手術」を受けた患者たちの情報すべてが挟まれていた。

「そんなものを……」

絶句する東野を尻目に、田所は足早に廊下を戻りはじめる。このバインダーの存在は誰にも知らせていなかった。「共犯」である東野や佐々木にさえも。

これまで「秘密の手術」を受けてきた患者たちは、それに見合った金額を払えるだけの大物やその家族ばかりだった。彼らにとって、違法な手術を受けたという事実が知られることは何よりも恐ろしいことのはず。だから田所は常に怯えていた。患者の誰かが自分の口を封じようとすることを。実際、秘密がばれたら命はないという脅しを受けたことがあった。

このバインダーは、そんな脅迫から身を守る道具だった。自分がおかしな死に方をすれば、このバインダーの内容が世間に知られることになる。田所は自分に脅しを掛けてきた者にはそう臭わせ、自分に簡単には手が出せない状況を作り出していた。

しかし、このバインダーは諸刃《もろは》の剣《つるぎ》だ。もしこれが世間に知られることになれば、手術を受けた患者たち以上に、自分が致命傷を負うことになる。意識のない身元不明患者たちから臓器を抜き取って、金持ちに移植していた。そんなことが知られたらどれだけの罰を受けることになるのか、想像することすら恐ろしかった。

だからこそ、田所はこのバインダーの扱いには慎重に慎重を期していた。しかし、その慎重さが裏目に出た。もっと早い段階でこれを始末するべきだったのだ。

もしこの病院に警官隊が突入してきて、そしてこのバインダーが見つかったら。あのピエロが籠城してからというもの、常にそれを不安に思っていた。五階の病室は見つかってもなんとか言い訳がつく。しかし、このバインダーが見つかればおしまいだ。自分は犯罪者として逮捕されるか、下手をすれば口封じに命を奪われる。だから、警察の介入はどうしても防ぎたかった。そのためにこの数時間、必死に動き回ったというのに……。

誰だ？　いったい誰が警察を呼んだんだ？

そこまで考えた田所は、我に返り激しく頭を振る。

いまはそんなことを考えている場合じゃない。すでに病院の周りには警官があふれている。一刻も早くこのバインダーを処分しなければ。

一階に降りる寸前、速水は明らかに目配せをしてきた。あの男はきっと、このバインダーの存在に気づいているのだろう。そしてそのうえで、これを処分する時間を与えてくれたのだ。

「東野君、外来の奥にシュレッダーがある。警察に見つかる前にそこで処分するぞ！」

「は、はい！」

田所は早口で言いながら廊下を戻る。

事態の深刻さにようやく気づいたのか、東野は脂肪のついた体を揺らしながら走ってくる。

これでなんとか助かった。安堵を感じつつ扉を出た田所の腕から、バインダーが滑り落ちた。

「よう院長先生、飯は持ってきたかい？」

数メートル先にあるソファーに腰掛けたピエロは、銃口を田所に向けながら楽しげに言った。

「な、なんで……」

絶句する田所を前にして、ピエロはゆっくりと立ち上がると、親指で自分の背後を指さした。そこに立つ秀悟と愛美を。

「あの若先生のおかげだよ」

「速水……先生が？　いったいなにを……？」

口を半開きにしたまま、田所はつぶやき続ける。

「いいから、とりあえずそのバインダーを拾いなよ。大事なもんなんだろ。とっても大事な」

ピエロはくっくっとくぐもった笑い声を上げる。田所は慌てて座り込み、床に落ちたバインダーを抱えると、怯えた目でピエロを見上げた。

「まあ、積もる話は二階に戻ってからしようぜ。ここじゃあ、いつ警官が突入してくるか分かったもんじゃねえからさ。いま警察に突入されたら、あんただって困るだろ？」

ピエロは田所と東野に拳銃をつきつけ、階段の方へと追い立てる。二人は表情をこわばらせたまま、秀悟たちに近づいて来た。

「は、速水先生……、これはいったい……」

田所が喘《あえ》ぐように訊ねる。しかし、秀悟はその問いに答えることなく、愛美に「行こう」と促して、階段を上がっていった。

四人の人質たちは二階へ上がると、透析室の中心へと進んでいく。ピエロも少し遅れて四人の後ろをついてきた。

「速水先生、どういうことなんだ。なんであの男が一階にいたんだ?」

声を押し殺しながら田所は質問を重ねる。しかし、秀悟は田所に一瞥をくれることさえしなかった。その態度に、田所の声が大きくなっていく。

「黙っていないで答えろ！　なんで、なんでこんなことに……」

「だまされたんだよ」

秀悟の代わりに声を発したのはピエロだった。

「だま……された?」

まるではじめて聞く言葉のように、田所はたどたどしくおうむ返しにする。

「ああ、そうだ。あんたはそこの若先生にだまされたんだ」

「ど、どういう……」

田所はせわしなく視線を秀悟とピエロの間で往復させる。秀悟はそんな田所から愛美とともに少し距離を取ると、口を開いた。

「誰が通報したのか、それが分からなかったんですよ……」

「な、なんの話なんだ……？」

かすれた声で訊ねる田所を無視して、秀悟はゆっくりと喋り続ける。

「必死に通報を妨害していた院長先生のわけがないし、東野さんには通報する方法がない。俺と愛美さんも通報に失敗した。あと残っているのは一人だけだ」

「一人……？　そいつが通報したって言うのか⁉」

田所の声に力がこもっていく。通報によって自分を窮地に追い込んだその人物に対する怒りが、その口調に滲んでいた。

「ええ、そうです。そいつは電波妨害装置を使って携帯電話を不通にし、さらに電話線を切断することで、通報できない状況を作り出していた。そして、自分にとって一番いいタイミングで妨害装置を停止させて、自分の携帯を使って警察を呼んだんです」

「誰なんだそいつは、誰がそんなことを！」

「……まだ分からないんですか？」

　叫ぶ田所を前にして、秀悟はゆっくりとその人物を指さした。マスクから露出した唇を挑発的に歪めるピエロを。

「彼ですよ、彼が通報して警察を呼んだんです」

　秀悟は淡々と言う。田所は口を大きく開いてピエロを眺めた。

「あ、あの男が……？　なんで？　警察が来たらあいつが逮捕されるんだぞ……。それに、通報したら殺すって……」

　たどたどしい口調で田所はつぶやく。

「ええ、たしかにそうですね。けれど、通報できるのは彼ぐらいだし、彼が通報したと考えると、いろいろな謎が一気に解けるんですよ」

「謎？」田所は焦点の合わない目を秀悟に向けた。

「ええ、そうです。最初からその男の行動はおかしかったんですよ。強盗から逃げる途中にわざわざ愛美さんを拉致したり、俺たちを監視下に置かないで病院内を徘《はい》徊《かい》したり、院長先生から大金を手に入れたのに喜ぶどころか激怒したり。つまり、さっき俺が言ったとおり、その男の目的は金じゃなかった」

「金目的じゃないなら、なんでコンビニ強盗なんてしたんだ！」

もはや息も絶え絶えといった様子で、田所は言葉を吐き出していく。秀悟はもったいつけるように一拍おくと、田所と視線を合わせた。

「この病院の『秘密』を日本中に知らせるためですよ」

「に、にほんじゅう……」

田所の喉が、ヒューと笛のように鳴る。秀悟は気にせずに言葉を続けていく。

「そう、最初からその男は『病院の秘密』をあばくために行動していたんですよ。だからこそ、俺たちを監視下に置かないで自分が自由に院内を捜索できる状況を作った。そのうえで、三階で『新宿11』の手術痕《しゅじゅつこん》を開いたり、彼のカルテにこれまで臓器を抜かれた患者の一覧を挟んだりして、俺にもこの病院の『秘密』を探るように仕向けたんだ。たしかにうまい方法だったよ。籠城犯から直接口で説明されても、たぶん信じなかっただろうけれど、あんな思わせぶりな方法をとられたんじゃ、調べずにはいられない。俺も操られていたってわけだ」

秀悟が苦笑しつつ肩をすくめると、ピエロも唇の両端を上げた。

「じゃ、じゃあ、私たちは……」

いまにも消えそうな声で田所は言う。

「そう、その男にいいように踊らされていたんですよ。あいつは自分でこの病院内を探す一方、俺を操って調査させ、さらにあなたも泳がせて、一晩中なにかを探していた。けれど、それが手に入らないまま朝になったんで、最終手段に出た。警察に通報して、この病院を包囲させるっていう最終手段にね」

「な、なんでそうなるんだ。警察が来れば、逮捕されるのはそいつなんだぞ。それなのになんで……」

田所は薄ら笑いを浮かべるピエロを指さす。

「彼は逃げるつもりなんてないんですよ。最初から逮捕されるつもりでここに立てこもったんです」

秀悟の言葉を聞いて、田所と東野の顔が驚愕に歪む。愛美も秀悟の隣で、アイシャドーに縁取られた目を大きく見開いた。

「その男はコンビニで発砲しています。最近のコンビニはたしか安全面から、強盗が入ったらおとなしく金を渡すように指導されているはずですよ。それなのにわざわざ発砲した。なんでだと思います？」

「なんでって……」田所は言葉を濁す。

「世間の注目を引くためですよ。途中で愛美さんを拉致したのもきっとそうだ。発砲した強盗犯が女性を拉致して逃走しているとなれば、日本中が注目する。彼はその状況をつくりたかったんですよ。実際、ほとんどのテレビ局が、いまこの病院を中継しています。もう少ししてマスコミが十分に集まり、さらに多くの人たちが起きてテレビを見る時間帯になったら投降して、すべてを発表するつもりだ。俺はそういうことだと考えました」

秀悟はずっと黙ったまま、楽しげに解説を聞いていたピエロを見る。ピエロは芝居じみた仕草で大きく腕を広げた。

「ご名答だよ、若先生。あんたには心から感謝しているよ。おかげで必死に探していたものを見つけることができたんだからな」

「探していたもの……？」

田所がつぶやく。その顔の筋肉は弛緩《しかん》し、この数分で十歳以上も老けたように見えた。

「ああ、そうだよ。お前が大切そうに抱えているもんだ」

ピエロは田所をにらみつける。

「ずっとそれを探していたんだ。この病院に入ってからずっとな。これだけ注目されている中、この病院がやっていたことをばらしてやれば、たしかにお前らは破滅するだろう。ただ、それだけじゃあだめなんだよ。手術を受けた奴らも、お前らと一緒に地獄に落ちないとフェアじゃない。な、そうだろ。だからこれまでに手術を受けた奴のリストをずっと探していたんだよ」

興奮した口調でピエロはまくし立てる。田所の顔からみるみる血の気が引いていった。

「絶対持っていると思っていたぜ。あんたは慎重な男だ。だから口封じを防ぐために絶対にリストがあるはずだった。けれどずっと探していたのに、どうしても見つからないまま朝になっちまった。だからしかたがなく通報したんだ。あとは警察に任すしかないと思ってな。そこに助け船があらわれた。そこの先生だ」

ピエロは顎をしゃくって秀悟をさす。

「速水先生が……?」

弛緩した顔の筋肉をほとんど動かすことなく言う田所を、秀悟は見つめる。

「彼がなにかを探そうとしていることは、ずっと感じていました。そして、それが『秘密の手術』に関するもので、あなたがそれが見つかることを異常なほど恐れていることもね。そこまで分かれば、これまでの手術に関する記録だってことは想像がつきます」

秀悟は乾いた口の中をつばで湿らせると言葉を続ける。

「きっとあなたは院長室の金庫にそれをしまっていた。けれど、金庫から金を取り出すときそれはなかった。あなたがそれを隠したとしたら、きっと五階か一階の手術室周辺だと思いました。だから、一芝居うって彼と交渉したんですよ」

「交渉⁉　いつ交渉なんてしたんだ？　君とあの男が二人で話したことなんか……」

「話してなんかいねえよ」

ピエロが田所の言葉を遮る。田所は「え？」と呆《ほう》けた声を上げながらピエロを見た。

「さっきそいつに詰め寄ったとき、これを顔の前に突きつけられたんだよ」

ピエロはジーンズからプリペイド携帯電話を取りだし、田所に向かって掲げる。

田所は口をあんぐりと開いた。

〈お前が探している物を渡してやる　そのかわりに俺の言うとおりにして、誰も傷つけないと約束しろ〉

携帯電話の裏にはマジックペンでそう記されていた。

「ちなみに、俺はさっき警察と会話していません。コールが鳴り終わるのを待ってから、電話をとるふりをしただけです」

「そ、それじゃあ……」田所は言葉が継げなくなる。

「そう、あんたはまんまとはめられたのさ。俺とそこの若先生にな」

ピエロはそう言うと、大きく笑い声をあげた。田所は虚ろな目で秀悟を見る。

「なんで……、なんでそんなことを……、君は言ったじゃないか、共犯者になってくれるって。金さえもらえば黙っていてくれるって……。それなのになんでこんな馬鹿なことを……」

秀悟は田所に冷たい視線を向けた。

「馬鹿なこと？　本当に馬鹿なことをしていたのはあんたたちだろ。身寄りのない患者から臓器を抜き取って金持ちに移植する？　そんなことが許されるとでも思っているのかよ。本気でそんなことに協力するとでも？」

「な、なにを……。だってさっきは……」

「そう言った方が危険が少ないと思ったからだよ。もしあのとき、協力することを拒んだら、あんたは俺たちの口を封じようとしたかもしれなかった。だから共犯になるふりをしたんだ」

「そんな、……ひどい。ひどすぎる……」

怨嗟《えんさ》のこもった言葉を吐く田所を、秀悟はにらみつけた。その迫力に田所は一歩後ずさる。

「ひどい？　ひどいのはどっちだ！　あんたは自分の患者から臓器を摘出したんだぞ！　あんたは守るべき人たちから臓器を盗み取ったんだ！　あんたは医者じゃない、たんなる犯罪者だ！」

秀悟の怒声が容赦なく田所に打ちつけられる。田所は顎を打ち抜かれたボクサーのように崩れ落ち、その場に膝をついた。

「さて、もう説明は十分だろ。そろそろそのバインダーを渡しな」

ピエロがゆっくりと田所に近づいていく。

「……秀悟さん」

秀悟のそばに立っていた愛美が小さな声で言う。秀悟は愛美に向き直り、笑顔を見せた。

「うん？」

「ごめんなさい。私、本当に院長先生の共犯になったと思っちゃって……」

愛美は目を伏せた。

「気にしなくていいって。全然説明できなかったから、そう思って当然だよ」

「けれど、秀悟さんは私のことを考えて……。それなのに私、ひどい態度を取っちゃって……」

蚊の鳴くような声で言う愛美の頭を、秀悟は撫《な》でた。長い黒髪の柔らかい感触が手のひらに伝わってくる。

泣いているような、それでいて笑っているような表情で秀悟を見ながら、愛美は頭の上に置かれた手に自分の右手を重ねた。

「……もう、これで終わったんですか？　もう安全なんですよね？」

「ああ、たぶん……」

秀悟は視線をピエロに向ける。

もう事件は終わったはず。あとはバインダーを手に入れ、ピエロがそれを警察とマスコミに発表すればすべてが終わる。そう、そのはず……。

しかし、なぜか秀悟の胸の中にはびこる不安が消えるどころか、さらに膨らみ続けていた。

ひざまずいた田所の眼前に、ピエロが迫る。

「と、取引をしよう！」唐突に田所が甲高い声を上げた。

「取引？」ピエロの目がいぶかしげに細められる。

「そ、そうだ。きっと君は誰かの依頼でこれを奪いに来たんだろ？　これまで私が腎臓を移植した誰かが、証拠を消そうとして君を雇ったんだろ？　だったら、私がその二倍……、いや三倍の金を出す。だから見逃してくれ。な、悪い話じゃないだろ」

田所は媚《こ》びるような表情でピエロを見上げた。

やめろ！　秀悟の表情がこわばる。もし金が目的なら、この男はこんなに捨て身の手段を取るわけがない。そもそも、世間に対して「秘密の手術」のことをあばこうとするわけがないじゃないか。

しかし、秀悟が口を挟む前にピエロが反応した。それまで下げていた拳銃を田所に向け、引き金に指を掛ける。

「金？　金のために俺がこんなことをしただと⁉」

地の底から響くような声でピエロは言う。その目は怒りで血走り、唇は大きくめくれ上がっていた。田所と東野の顔が恐怖に歪む。

「俺が金が欲しくてこんなことをしたと思っているのか！　どうなんだ！　答え

ろ！」

激高したピエロの人差し指に力が込められていく。愛美が「やめて！」と言って目を覆った。

「復讐だ！」秀悟は腹の底から声を出した。

「……なんだって？」

引き金を絞っていた指を離しながら、ピエロは秀悟をにらむ。

「復讐だ。あんたは復讐のためにこんなことをした。あんたにとって大切な誰かが、この『秘密の手術』の犠牲になったんだ。そうだろ？」

「……そうだ」

ピエロは陰鬱《いんうつ》な口調で話しはじめる。

「こいつらは俺の大切な人を切り刻んだ。意識がないことをいいことに、彼女の腹を切って、内臓を取り出したんだ。……最初は信じられなかった。本当にそんなことがあるなんて。けれど調べていくうちに、こいつらがこの病院でやっていることを知って……、絶対に許せなかった」

「その人は、あんたの家族か？　それとも……」

「……恋人だ」喉の奥から絞り出すように、ピエロは言う。

「大切な人だったんだな」

秀悟の言葉にピエロはゆっくりとうなずいた。

「大切な人だ。彼女のためならなんでもできる。命を捨てたってかまわない」

「だったらそのバインダーを持って投降しろ。そうして、警察とマスコミに向かってこの病院の秘密を日本中に伝えてこい。それがお前の目的なんだろ。ここで院長を殺したら、あんたはたんなる殺人犯だ。あんたの大切な人も、そんなことを望んでいないだろ」

秀悟は必死に芝居じみたセリフを吐いていく。

いくらこの病院に注目を集めるためとはいえ、この男は愛美を撃って拉致をするなど、あまりにも衝動的な行動をくり返しているうえ、籠城中に愛美を襲おうとしたりと、自らを制御できていない。このあとピエロがどんな行動をとるのか予想がつかなかった。

拳銃を握るピエロの腕がぶるぶると震えはじめた。誰もが黙り込んだまま、時間だけが過ぎていく。

「お願い……もうやめて」

愛美の独り言のようなつぶやきが部屋の空気を揺らした。その瞬間、拳銃を持つピエロの手がだらりと下がった。

「……そのバインダーをよこせ」

ピエロは田所を見下ろしながら静かに言う。秀悟は天井を仰いで目を閉じた。

終わった。これでようやく終わったんだ。この悪夢のような夜が。

これまでに感じたことのないほどの達成感と解放感が胸を満たしていく。秀悟は目を開くと、隣に立つ愛美に微笑みかける。愛美は目を潤ませながら笑みを返してきた。

「早くしろ。さっさと渡せ」

糸が切れた操り人形のように座り込む田所に、ピエロが手を伸ばした。田所が顔を上げる。その瞬間、秀悟の全身に鳥肌が立った。

遠目にも、ピエロを見上げる田所の目から、あらゆる感情が消え去っているのが見て取れた。それはまるで、眼窩《がんか》に硝子玉《がらすだま》がはまっているかのようだった。

田所は白衣のポケットに手を入れると、そこから取り出した物をごく自然にピエロの右腕に突き立てた。

「……え？」

わずかに開いた唇の隙間からどこか間の抜けた声を漏らしながら、ピエロは自分の右腕に視線を落とす。深々とメスが突き刺さった右腕に……。

田所は柄を鷲掴みにしたメスを無造作に引き抜くと、欠片《かけら》ほどの躊躇《ちゅうちょ》を見せることもなく再びピエロの右腕に刺し込み、そこから力を込めて下方に引いた。極限まで鋭く研がれたメスの刃は、いとも簡単にピエロの腕の皮膚、筋肉、血管、そして神経を切り裂いていく。

「うあああー！」

部屋の壁が震えるほどの悲鳴とともに、ピエロの手から拳銃がこぼれ落ちた。苦痛のうめき声を漏らしながら、ピエロはその場にしゃがみ込む。傷口を押さえる指の隙間から、深紅の血液があふれ出していた。ピエロと交代するように、田所が緩慢な動きで立ち上がり、ピエロを睥睨《へいげい》する。その手にはピエロが落とした拳銃が握られていた。

あまりにも唐突で、あまりにも予想外の事態に、秀悟はただその場に立ち尽くすことしかできなかった。

「……ふざけるな」

あらゆる感情が消え去った田所の顔は、まるで能面でもつけているかのようだった。

「ふざけるな。私は二十年以上、必死にこの病院を守ってきたんだ。身を粉にしてこの病院でスタッフの生活を守り、患者たちを治療してきた。その苦労がお前に分かるのか」

人工音声のように抑揚がない口調で喋る田所を見て、秀悟の全身から冷たい汗が滲みはじめる。ピエロが激高して銃を振り回したときも、これほどの恐怖は覚えなかった。

田所はまだ腕を抱えてうめき声を上げているピエロのつむじ辺りに、無造作に拳銃の銃口を押しつけると、引き金に指を掛けた。

「院長先生、落ち着いてください！　そんなことをしてもなんにもなりません！」

秀悟は慌てて叫ぶ。脅しじゃない、田所は本当にピエロを殺すつもりだ。その確信が声を震わせた。

「どうして？」

田所は銃を下ろすことなく、心から不思議そうに言う。まったく温度を感じさせない視線が秀悟に向けられる。それはまるで、巨大な爬虫類《はちゅう》にらまれているかのようだった。

「どうしてって、あなたのやっていたことはもう、ここにいる全員が知っているんです！　彼を殺してもどうせ全部ばれるんです」

「それなら、ここにいる全員を殺せばいいだけじゃないか」

田所はなんの気負いもなく、そう言い放った。

「ぜんいん……？」

秀悟は耳を疑った。舌がこわばる。

「そうだよ。この男を殺したあと、速水先生とそこの女性を殺す。あと東野君も。佐々木君も死んだいま、それで『秘密』を知るものはこの場にいなくなる」

「な、なんで私まで⁉」

それまで彫像のように固まっていた東野が叫ぶ。

「東野君、だって君も私を裏切るかもしれないじゃないか。念には念を入れた方がいいだろ」

田所は東野に向かって笑みを浮かべる。空っぽの笑顔を。

東野は「ひっ」と悲鳴を上げると、その場で身を翻して逃げようとした。しかし、あまりの恐怖で足がすくんだのか、脂肪を大量に蓄えた体はその場で前のめりに倒れていく。部屋に重い音が響いた。

「だめだよ東野君、逃げようなんてしたら。思わず撃つところだったよ」

田所に見下ろされた東野は、倒れたまま全身をがたがたと震わせはじめた。

「秀悟さん……」

顔を青くした愛美が、秀悟の白衣の袖を握る。秀悟は「大丈夫だよ」と言おうとした。しかし、その言葉は口に出る前に、喉の奥で霧散する。

田所は完全に正気を失っている。このままでは本当に、この場にいる全員を射殺する。

「撃ったら、警官に踏み込まれますよ！」

震える声で秀悟は必死に叫ぶ。田所の顔がわずかに、不愉快そうに歪んだ。

「警察？」

「そうです。きっと警察は交渉と同時に、特殊部隊の突入も考えているはずです。もし発砲なんてしたら、きっと踏み込んできます！」

「踏み込んでくる前に全員撃ち殺せばいいだけの話じゃないか」

あっさりと言い放つ田所に、秀悟の頬が引きつる。

「あなたが拳銃を持っていて、他の全員が撃ち殺されていたら、あなたが殺人犯だって明らかじゃないですか」

「ああ、それは大丈夫だよ。このピエロが君たちを撃ち殺してから、私が必死に拳銃を奪い取って、無我夢中でピエロを撃ったってことにすればいい。きっと正当防衛が認められて私は罪に問われない」

「……そんなにうまくいくと思っているんですか？」

秀悟は奥歯を食いしばる。

「うまくいくかどうかなんて関係ないんだよ。これしか方法がないんだから。それならやってみる価値はあるじゃないか」

あくまで軽い口調で言いながら、小さく肩をすくめる田所を前にして、秀悟は諦《あきら》める。もはやこの男に説得など通じない。

どうする？　どうすればいい？　秀悟はひたすら脳に鞭《むち》を入れる。

撃たれる前に隙をついて飛びかかって、拳銃を奪い取るか？　しかし田所との距離は数メートルある。飛びかかる前に気づかれて撃たれる可能性が高い。

なんでもいい、なにか方法は？　うつむいた秀悟の視線の隅に、あるものが入り込んだ。秀悟は目を見開いてそれを見ると、視線を天井へと移す。脳内では数時間前に聞いた田所のセリフが蘇っていた。

これが使えるかもしれない。けれど、もし失敗したら……。

葛藤が秀悟を責め立てる。ふと秀悟は、隣に立つ愛美に視線を向けた。二人の視線が絡み合う。

愛美はいまにも泣き出しそうな表情で秀悟を見つめ続けた。

ああ、そうか。胸の中で覚悟が固まっていく。自分が撃たれるかどうかなんて気にする必要はない。この作戦を実行すれば、愛美が助かる可能性は飛躍的に高くなる。

秀悟はこの一晩の記憶を反芻《はんすう》する。ずっと彼女を守っているつもりだった。けれど、ある意味守られていたのは自分だった。

愛美がいなければきっと、この病院の「秘密」をあばくことも、ピエロの本当の目的を知ることも、それ以前に、この極限状態で正気を保つことすらできていなかったかもしれない。この数時間、愛美がいたおかげで自分は自分でいられた。

不運にもこの事件に巻き込まれてしまった女性。彼女だけはどんなことをしても守らなくては。

「……聞いて」

秀悟は田所に聞こえないように小声で言う。愛美は切れ長の目で秀悟を見る。

「階段の場所を覚えてくれ。そして、俺が合図をしたら、階段に向かって体をかがめて全力で走るんだ」

「え？　どういうことですか？」愛美は声を押し殺しながら訊ねる。

「いいから、言われたとおりにしてくれ。振り向かないで階段を下りて、警察の助けを呼ぶんだ」

「……秀悟さんは？」愛美は声を震わせる。

「俺は大丈夫だ。心配しなくていい。だからなにも考えずに逃げてくれ。そうすればきっと、……みんな助かるから」

「本当に？」

不安が飽和した視線を愛美は向けてくる。秀悟は力強くうなずいた。胸の内の不安を悟られないように。

「本当だよ」

「……すぐにまた会えるんですよね？」

「ああ」

秀悟がうなずくと、愛美は嗚咽《おえつ》をこらえるように、ピンク色の唇を嚙みながらうなずいた。

秀悟は微笑むと、田所に視線を戻す。愛美を説得することができた。あとは作戦を実行するだけだ。秀悟は田所に気づかれないように、白衣のポケットに手をしのばせる。

田所はなぶるように、ピエロのマスクで包まれた頭部を拳銃の先で小突いていた。

「とりあえず、そのふざけたマスクを取ってもらおうか。こんな馬鹿なことをした男の顔が見たいんだよ」

いまだに血があふれる腕を押さえたまま、ピエロは顔を上げる。

「さっさとしろ。それともそのマスクを被《かぶ》ったまま死にたいのか？」

相変わらずの抑揚のない口調で田所は言う。ピエロの体が細かく震えだした。

「脱がないならいますぐ撃つ」

怒鳴るでもなく、田所は淡々と促す。ピエロの左手がためらいがちにマスクの喉元にかかる。頭部を覆っていたラバー製のマスクがゆっくりと剝がされていった。

短く切りそろえられた髪があらわになる。ピエロの背中側に立つ秀悟からは、その素顔を見ることはできなかった。

「な⁉　……お、お前⁉」

田所の目が驚愕で見開かれる。腰を抜かしていた東野も口をあんぐりと開けて、男の顔を凝視した。

いまだ！　秀悟はすぐ脇に置かれた石油ストーブを蹴り倒した。大きな音を立てながらストーブは横倒しになり、床に灯油がこぼれていく。田所がはじかれたように顔を上げ、秀悟を見た。

「なにをしているんだ⁉」

田所の怒声が部屋に響く。秀悟はポケットからジッポーのライターを取り出すと、蓋を開けて火を灯《とも》す。田所の目が大きく見開かれた。

「離れろ！」

秀悟は隣で立ち尽くす愛美の肩を押すと、灯油に向かってライターを放る。バランスを崩した愛美が二、三歩後ずさると同時に、秀悟の目の前に火柱が上がった。肌を焼くような熱気が顔に吹きつける。

「なんのつもりだ！　ふざけるな！」

田所は叫ぶと秀悟に銃口を向けた。

早く！　早くしてくれ！　秀悟は天井を眺めながら心の中でくり返す。燃え上がった火柱の頂上は、いまにも天井に触れそうだった。火災報知器のついた天井に。

田所が引き金を絞ると同時に、けたたましいサイレン音が室内の空気を震わせた。

「きた！」

秀悟は喝采を上げる。それと同時に、天井から大量の白い粉が吹き出した。田所が言っていた粉末消火装置だ。

視界が濃霧のような粉塵《ふんじん》で満たされ、ほとんどなにも見えなくなる。燃え上がっていた火柱も、一瞬にしてその勢いを失い、消し止められた。

「愛美！　走れ！」

愛美に向かって声の限り叫ぶと同時に、秀悟は走り出した。目を細め、ほとんどなにも見えない白濁した世界の中、田所が立っていた場所に向かって走り込む。

かすかに田所のシルエットが見えた。撒《ま》かれた大量の粉が床へと落下しはじめ、粉塵が薄くなりつつある。秀悟はスピードを緩めることなく、肩から田所に向かって体当たりをする。

田所の腹に秀悟の肩が食い込んだ。足を撃たれて踏ん張りがきかない田所は、いとも簡単にはじき飛ばされ、秀悟とともにもんどりうって床に倒れ伏す。田所の手から離れた拳銃が、粉で覆われた床の上を滑っていった。

秀悟は必死に這って拳銃を追う。拳銃さえ手に入ればすべてが解決する。これ以上誰も死ぬことなく事件を終わらすことができる。

次の瞬間、秀悟の全身が激しく痙攣《けいれん》した。

なにが起きたのか分からなかった。ただ目の前に火花が散り、全身が激しく震えたあと動けなくなった。まるで体が自分のものではないかのように、指の一本さえも動かすことができない。秀悟は頰から床に倒れていく。衝撃で粉が激しく舞い上がった。

頰に床の冷たく固い感触を感じながら、秀悟は混乱していた。

いったいなにが……。

激しい破裂音が鼓膜を打ちつける。車のバックファイヤーのような音。それがなんの音なのかすぐに気づいた。

誰かが発砲している。拳銃を拾った誰かが。

いったい誰が誰を撃ったんだ。秀悟は必死に音の聞こえた方向を向こうとする。しかし、やはり体は秀悟の命令を拒絶した。

甲高い悲鳴、そして再びの発砲音。

愛美！　愛美は逃げられたのだろうか？　秀悟はそれだけが知りたかった。次に撃たれるのが俺でもかまわない。ただ、愛美さえ助かっていてくれたら。

秀悟が祈りを捧げると同時に、三度目の発砲音が空気を揺らす。

そして、沈黙が訪れた。

終わった……のか？　俺は殺されないのか？

秀悟は耳をすまして、次に起こることを待つ。

唐突にガラスが割れる音が響いた。倒れ伏す秀悟から一メートルほどの距離に、拳大《こぶしだい》の黒い金属製の円柱が転がってくる。

次の瞬間、視界と意識が真っ白に塗りつぶされた。


「……ますか？」

遠くから声が聞こえてくる。はるか遠くから。

秀悟はわずかに瞼《まぶた》を上げる。網膜に強い光が映り込んだ。激しい頭痛が襲いかかってくる。秀悟は小さくうめき声をあげながら頭を押さえた。

「聞こえますか？」

頭の中に直接響いてくるような声が、頭痛をさらに悪化させる。秀悟は顔をしかめて軽く顎を引くと、薄目のまま周囲を見回していく。

二人の男に見下ろされていた。彼らのまとっているユニフォームは日常的に見ているものだった。救急隊員のユニフォーム。

ここはどこなんだ？

秀悟は必死に状況を把握しようとする。

俺は床の上を滑っていった拳銃を摑もうとして……。

気を失う寸前の出来事が脳裏によみがえってきた。くり返し響いた銃声。

秀悟は勢いよく上半身をあげた。頭が割れるように痛むが、それも気にならなかった。

「ああ、だめですよ、寝ていないと」

救急隊員の一人が言う。その言葉はやはり、頭蓋骨の中で声が跳ねまわっているかのように響いた。

「なにが、なにが起きたんです？」

秀悟はまだうまく回らない舌を動かして、必死に訊ねる。目が明るさに慣れてきたのか、周囲の状況が把握できてきた。どうやら救急車の中らしい。右腕には血圧計と血中酸素飽和度測定器がつけられていた。

「銃声が聞こえてきたんで、特殊部隊が突入したんです。そのときに使った音響閃《おんきょうせん》光弾《こうだん》があなたのそばで炸裂《さくれつ》したらしいです」

秀悟は意識を失う寸前、視界に飛び込んできた金属製の円柱を思い出す。あれが爆発して俺は意識を失ったのか。

「殺傷力はないので、大きな外傷はありませんが、鼓膜ぐらいは破れているかもしれません。とりあえず、これから病院に搬送します」

「待ってください。愛美は、彼女は無事なんですか⁉」

秀悟は救急車内を見回しながら声をあげる。車内には秀悟以外に患者の姿は見えなかった。愛美は他の救急車に乗せられているのだろうか？

「愛美？　それは誰ですか？」

「俺と一緒に二階で人質になっていた女性です。警官隊が突入する寸前に、病院から逃げ出しているはずなんです！」

救急隊員たちは一瞬、お互い顔を見合わせると、どこかためらいがちに口を開く。

「いえ、突入の前に、病院から逃げ出した人質はいませんでした」

「そんな。そ、それじゃあ。二階にいたはずです。俺以外に二階から助け出された人質はどこにいるんですか？　もう病院に搬送されたんですか？」

秀悟は救急隊員に向かって、助けを求めるように手を伸ばしながら叫ぶ。隊員は露骨に視線を外すと、陰鬱な表情を浮かべた。

「……残念ですけど、あなた以外に助け出された人はいません。二階にいたあなた以外の人は全員……死んでいました」

「……以上があの夜に経験したことです」

秀悟はそう言うと、大きく息をついた。かなり長い時間話し続けていたので舌が疲れていた。それに、あの夜のことを思い出すことは、精神に大きな負担をかける。

3

二日前、二階の透析室から救出された秀悟は、翌日には退院することができていた。右耳の鼓膜が破れたうえ、ピエロに殴られた頭の傷や、音響閃光弾による軽い火傷《やけど》は負っていたものの、長期の入院治療が必要なほどの負傷はなかった。

自宅前にマスコミが押しかけていることも覚悟していたが、そんなことはなかった。どうやら警察は、秀悟の身元などの情報は、少なくともいまのところ発表していないらしい。

自宅で一晩体を休めてから、秀悟は事件の捜査本部が置かれている調布署に出向き、事情聴取を受けることになった。入院中も刑事が話を聞きにきたが、検査などが立て続けに入っていたため、そこまで時間をとって話すことはできず、今日がはじめての本格的な聴取となっていた。聴取は午前中から断続的に続き、すでに夕方になっている。

「なるほど、よくわかりました。ありがとうございます」

対面の席に座る、金本という名の中年刑事が重々しくうなずく。秀悟は話している間、この金本は一言も発することなく、話に耳をかたむけ続けていた。

「いま、速水先生からうかがった内容は、ほとんど現場の状況と一致しています。おそらくほぼ、先生のおっしゃったことが起こったんでしょう」

「『ほぼ』……ですか」

含みを持たせた金本の口調に、秀悟は皮肉っぽく唇の片端をあげる。

一つ、たった一つだけ、秀悟の記憶と現場の状況に違いがあった。あまりにも大きな違いが。一昨日そのことを聞いたときから、秀悟はずっと混乱し続けている。

「その『一致していない』部分が重要なんじゃないですか」

「まあ、たしかにそうですね」

苦々しく言う秀悟の前で、金本は苦笑する。

「警察は俺の記憶が間違っていると思っているんでしょ。あのピエロに殴られたり、突入部隊が投げ込んだ音響閃光弾で気絶したせいで、俺の記憶が混濁しているって」

秀悟は両手をテーブルにつくと身を乗り出す。

「興奮しないでください、速水先生。怪我にさわりますよ」

暖簾《のれん》に腕押しの金本の態度に、秀悟の口腔内で小さく舌打ちが弾けた。

「まあ正直に言いますと、たしかに上層部は速水先生の証言と現場との矛盾点をあまり重要視していません。あれだけの大変な経験をなさったので、記憶が混濁している可能性が高いというのもその理由ですが、それ以上に現場の状況から、なにが起こったのかかなりはっきりと読み取ることができますからね」

「それじゃあ、俺が動けなかったときになにが起こったのか、詳しく教えてくださいよ。この前から警察は、俺の話を聞くだけで細かいことはなにも教えてくれないじゃないですか。俺は事件の当事者で、しかもできるだけ警察には協力してきました。それくらいの権利はあるはずです」

秀悟は身を乗り出したままで言う。金本は笑みを浮かべたまま秀悟を眺めると、軽く肩をすくめて「分かりました」とつぶやく。

「ちなみに速水先生。先生はどのような説明を受けておいでですか？」

「……透析室に死体があって。そして俺以外に……生き残った人質はいないってことは聞いています」

秀悟は唇を嚙む。

「いえ、それは正確ではないですね。三、四階、そして五階の特別病室に入院していた六十五人の患者さんたちはご無事でしたよ」

「それは知っています。俺が言っているのは……」

「ええ、分かっています。話の腰を折って申し訳ありませんでした」

金本は軽く頭を下げると、上目づかいに秀悟に視線を送る。

「先生が田所に体当たりをして拳銃を弾き飛ばしてから、透析室でなにが起こったのか。それが知りたいんですよね？」

「……ええ、そうです。あのとき、拳銃を拾おうとした俺はなにか衝撃を感じて、急に動けなくなりました」

秀悟は硬い声で言う。金本の口から事実を聞くことが怖かった。しかし、それでも聞かずに済ますことはできない。やや頭髪の薄くなっている頭を搔く金本の前で、秀悟はつばを飲む。

「まあ、もうすぐ記者会見で発表されることなので、速水先生にはお話ししてもかまわないでしょう。まず先生が急に動けなくなったことについてですが、それはおそらくスタンガンを使われたからだと思います」

「スタンガン!?」

　想像していなかった単語に、秀悟の眉根が寄る。

「はい、そうです。SATが突入したとき、倒れている先生のそばに護身用の小型スタンガンが落ちていました。おそらくそれを使われて、先生は動けなくなったんです」

「スタンガンなんて、誰がそんなものを……」

「もちろんピエロの男ですよ。やつが持ち込んでいたんです」

「ピエロが？　なんでそう言い切れるんですか？」

「それについてはあとでご説明します。我々が現場検証の結果出した結論はこうです。速水先生が田所の拳銃を弾き飛ばしたのを見て、ピエロの男は隠し持っていたスタンガンを使って速水先生の動きを止めると、拳銃を拾い上げた。そして、体当たりをくらって倒れている田所、そして腰を抜かしていた東野さんを続けて射殺した」

「射殺」という単語が金本の口からこぼれた瞬間、秀悟の体にかすかな震えが走った。

「二人を殺して目的を果たした男は、事件にピリオドを打つことにしました。……

自分の頭を撃ち抜いたんですよ」

人差し指の先を自分のこめかみに当てた金本は、おどけるように「ばんっ」と言った。

秀悟は目を剝く。あのピエロが二人を射殺し、自殺した？

「本当に間違いないんですか？」

「ええ、おそらく間違いないものと思われます。院長と東野さんの二人は後頭部を撃ち抜かれています。いわゆる処刑スタイルで射殺されたんでしょう。それに対して、ピエロの男は右のこめかみを撃たれています。しかも、銃創の周りには火傷も見られるため、銃口を密着させて撃ったと考えられます。さらに拳銃はピエロの男のすぐそばに落ちていました。全ての状況は、ピエロが二人を射殺してから自分を撃ったことを示しています」

金本は落ち着いた口調で滔々《とうとう》と話していく。

「ああ、これは余談ですが、最初は速水先生が三人を撃った可能性も検討されました。三人を撃ったあと、自分でスタンガンを当てたんじゃないかってね。けれど、先生の手からは硝煙反応は出ませんでしたし、スタンガンを当てた痕と思われる火傷は、背中の真ん中辺り、自分で押し当てるにはかなり難しい位置にありました。

以上のことにより、先生への疑いは晴れていますのでご安心下さい」

金本の説明に秀悟は絶句する。まさか自分まで容疑者扱いされていたとは、そういえばたしかに、病院で鑑識らしき人物に着ていたものを提出したり、体を調べられたりした。
二、三分かけて秀悟は新しく得た情報をゆっくりと消化していく。まだ完全に納得できたわけではない。ただ、訊くべきことはまだ多くあった。
「……消火装置を作動させる寸前に、田所はあの男のマスクをはぎ取りました。その素顔を見て、田所と東野さんは驚いていました。金本さん、あの男は誰だったんですか？」

秀悟は金本の目をまっすぐに覗き込む。金本は無精ひげの生えた顎を撫でた。

「宮田勝仁《みやたかつひと》」

「え？」唐突に発せられた名前に秀悟は戸惑う。

「宮田勝仁、それがあのピエロの男の名前です。東京都練馬区出身の三十三歳、独身。すでに確認が取れ、記者会見で発表される予定です」

「名前だけ言われても……。どんな男なんですか、そいつは」

「おや、ご存じないですか？」

金本はわざとらしく首をかしげる。

「いや、覚えがないですけど……。なんで俺は知っていると？」

「それじゃあ、これならどうですか？」

金本は独り言をつぶやくように言うと、椅子の背中にかけていた背広のポケットから一枚の写真を取り出し、テーブルの上に置いた。そこにはTシャツ姿の若い男が写っていた。

秀悟は目を凝らして写真を眺める。この男、どこかで見たことがある。

「あっ！」

記憶をさらっていた秀悟の脳裏で、事件の夜の出来事がフラッシュバックする。あの夜、裏口から田所病院に入ろうとしたときにすれ違い、すこし言葉を交わした男、あの男だ！

「気づかれましたか？」

「こいつはたしか田所病院のスタッフで、あの夜も俺が裏口から病院に入ろうとしたときにすれ違いました」

秀悟が勢い込んで言うと、金本は満足げにうなずく。

「ええ、その通りです。宮田勝仁は一年半ほど前から田所病院に勤める理学療法士です。籠城事件があった日も、夕方まで勤務していました。どうやら勤務を終えたあと、家で準備を整えて戻ってきたみたいですね」

「あの、……その宮田っていう男がピエロだったのは、間違いないんですか？」

「どういう意味でしょう？」

秀悟がためらいがちに訊ねると、金本の片眉がピクリと上がった。

「いえ、大したことじゃないんですけど、あの男はずっとピエロのマスクを着けていたもので。えっとですね……、途中で入れ替わっていたりしても。たとえば、ほかにもピエロをやっていた奴がいたりとか……」

考えがまとまらず、しどろもどろになる秀悟を前にして、金本はゆっくりと顔を左右に振る。

「速水先生、それはあり得ませんよ。あの病院は完全に警官隊によって包囲されていたんです。突入後には、警官隊による大規模な捜索が行われました。もちろん犯人が警官に変装して逃げることも想定して、建物への出入りは厳格にコントロールしました。けれど、怪しい人物は見つかりませんでした」

「それじゃあ、たとえば秘密の通路があるとか……」

自分でも陳腐なことを口にしていることは分かっていたが、秀悟は訊ねずにはいられなかった。隠しエレベーターがあるような病院だ。外に逃げるための隠し通路があってもおかしくない。

もしそれがあれば、この事件のもっとも大きな謎を解き明かすことができる。しかし秀悟の期待とは裏腹に、金本は苦笑を浮かべた。

「速水先生の話を聞いたあと、私たちも隠し通路の存在を疑って、徹底的に調べました。病院の設計図も手に入れましたし、過去の所有者とも会いました。けれど、そんなものは見つかりませんでしたよ。病院から外に出るには、正面玄関か裏口を使うしかありません。それは間違いないです」

「そう……ですか」

完全に納得したわけではなかったが、秀悟はうなずく。

「ただですね……」金本は声をひそめる。「宮田に共犯がいた可能性は完全には捨てきれはしないんですよ」

「は？　どういうことですか」

「……これは内密にお願いしますよ。マスクの内側の耳元、そこに小型のスピーカーと受信機が付いていたんです。もしかしたら、宮田は誰かから指示を受けていたのかもしれません」

「誰かからって、誰なんですか？」秀悟は勢い込んで訊いた。

「それが分からないから、先生にこのことを教えたんですよ。ピエロが誰かと連絡を取っていたような様子はなかったですか？」

「連絡を……」

秀悟は眉根を寄せながら必死に記憶を探る。

「いえ……、俺が見た限り、そんな様子はありませんでした。ただ、ピエロと同じ空間にいる時間は比較的短かったですから、もしかしたら俺たちが見ていないときに連絡を取っていたかもしれません」

「そうですか、分かりました。まあ、その装置をもう少し調べればいろいろ分かってくるかもしれません」

金本は「この話はこれで終わり」とばかりに、胸の前で両手を合わせる。

「ちょ、ちょっと待ってください。そんな装置がマスクに付けてあったってことは、やっぱり共犯者がいる可能性が高いじゃないですか。そもそも、その宮田って男がピエロだったのは確実なんですか？　たとえばですね、ピエロの男が警官隊が来る前に宮田をどうにかして呼び出しておいて、そして殺した宮田のそばにマスクを置いて身代わりにしたとか……」

秀悟は思いつくままに言葉を重ねていく。

「もしそうだとしても、突入した警官隊に見つかるじゃないですか」

「いえ、ですからやっぱり秘密の通路とか、隠れ場所が……」

もごもごと言う秀悟を見ながら、金本はこれ見よがしにため息を吐く。

「先生、秘密の通路も隠れ場所もあの病院にはありません。あったのは秘密のエレベーターと病室だけです。それはたしかなんですよ」

「でも、絶対とは……」

秀悟は必死に引き下がる。そうじゃなければおかしい、絶対におかしいのだ。

「先生、たしかに病院の外部に、宮田の協力者がいた可能性は否定できません。けれど、宮田が主犯だということは間違いないんですよ」

金本は子供に言い聞かせるように言う。その口調が癇《かん》に障《さわ》った。

「なんでそう言い切れるんですか」

「宮田の部屋を家宅捜索したからです。そうしたら大量の証拠が出てきました」

「え?」秀悟は言葉を失う。

「まずパソコンの記録から、宮田がマスク、スタンガン、そして拳銃などの、計画に必要なものをインターネットを通じて買ったことが分かりました」

「インターネット？　インターネットで拳銃なんて買えるんですか？」

秀悟は啞然《あぜん》とする。

「残念ながら、可能なんですよ。闇サイトの中には薬物や銃火器を違法に売買しているものがあるんです。もちろん私たち警察も取り締まっていますが、完全には摘発できていないのが現状です」

金本は力なく顔を振る。

「それじゃあ、宮田はネットで武器を買って自分の勤めている病院に押し入ったってことなんですか？」

「そういうことになりますね。宮田の部屋にはピエロ以外のいろいろな種類のマスクや、ナイフ、手錠、あとは化粧品なんかが見つかっています。おそらく実際にいろいろ買ってみて、どれを使うのがいいのか試したりしたんでしょう」

「化粧品？」

「たぶん、最初はマスクを被るんではなく、メイクをすることで自分の正体を隠そうとでもしたんじゃないですか。調べによると、宮田は理学療法士を志す前、数年間小さな劇団で売れない役者をやっていたらしいです。もしかしたら、その頃の経験を生かして変装を思いついたのかもしれませんね」

肩をすくめる金本を眺めながら、秀悟は頭を働かせ続ける。やはり宮田という理学療法士があのピエロだったのだろうか。それなら……。

「それなら、どうしてその宮田は自分の勤めている病院に押し入って、院長たちを殺したりしたんですか？」

「なにを言っているんですか？　速水先生が教えて下さったじゃないですか。あの男が『恋人の復讐だ』って言っていたって」

「たしかにそう言っていました。けれど、自分が勤めていた病院に偶然恋人が入院してきて、臓器が奪われたって言うんですか？」

「いえ、私たちは逆だと思っています。自分のいた病院に恋人が入院したのではなくて、恋人が入院していた病院に、宮田は就職したんですよ。復讐をするためにね」

金本は声を低くして言う。

「……宮田の恋人だった女性に、目星がついているんですね？」

秀悟の質問に、金本は軽く笑みを浮かべてうなずいた。

「速水先生の証言と、透析室に落ちていたバインダーのおかげです。あの中に、これまで田所病院で行われた違法な臓器移植手術の記録がほとんど入っていました。

まあ、ごく一部の資料が破損していて、誰が手術を受けたのか分からないところがありましたが、少なくとも移植を受けた大部分の者を告発することができます。すごい面子《メンツ》ですよ。大会社の役員、元有名スポーツ選手、政治家。検察と協力して逮捕に向けて動いていますが、この話が公になった際には日本中が大騒ぎになるでしょうね」

金本の声に興奮がまざっていく。

「それより、宮田の恋人の話を聞かせてくれませんか？」

「あ、これは失礼しました」

気を取り直すように金本は咳払いをする。

「佐倉江美子《さくらえみこ》。それが宮田の恋人だと思われています」

「誰なんですか、それは？」

「速水先生だって予想はついているでしょう？　田所病院の『秘密の手術』で臓器を奪われた女性ですよ。バインダーの中の記録にありました」

「……その女性について詳しく教えてください」秀悟は声をひそめて言う。

金本は「ええ、いいですよ」と言うと、椅子の背にかけた背広の内ポケットから手帳を取り出し、パラパラとめくりはじめる。

「佐倉江美子は三年ほど前に田所病院に入院した女性です。入院時、年齢は二十一歳で女子大生でした。両親と高校生の弟の家族四人でドライブしていたところを、信号無視で交差点に突っ込んできたトラックに衝突され、江美子以外の三人は即死、江美子も頭を強く打ち、寝たきりになりました」

悲惨な事故に、秀悟の口元に力がこもる。

「事故から三ヶ月後、江美子は田所病院に転院しています。事故によって身内を全員亡くし、身寄りがなかった江美子を田所病院が引き受けたということでしょう。そしてバインダーの記録によると、入院から四ヶ月後、江美子は田所により腎臓を摘出され、その腎臓はとある会社社長の妻に移植されています。さらに悪いことに、その手術を受けた五日後に江美子は命を落としています。これがなにを意味するかは、速水先生の方がお詳しいんじゃないですか」

「……術後の合併症ですね。縫合不全による出血や感染症」

「ええ、捜査本部もそう考えています。まあ、カルテの死因は『誤嚥性肺炎《ごえんせいはいえん》』となっていますけどね。なんにしろ、佐倉江美子は腎臓を摘出されたせいで命を落とした可能性が極めて高い」

金本はそこで一旦言葉を切ると、皮肉っぽく唇の片端をあげる。

「私たちはこう考えています。宮田勝仁は佐倉江美子の恋人だった。三年前、理学療法士としてある程度の医学知識があった宮田は、恋人の死因に疑いを持ち、一年半前に田所病院に就職して、その真相を探っていた。そして、田所の手術が原因で恋人が命を落としたことをつきとめた宮田は、その手術にかかわった人々に復讐することを決意した。……あとは先生がご存じのとおりです」

「その佐倉江美子っていう女性が、宮田の恋人だったっていう証拠はあるんですか？」

金本から聞いた話を頭の中で咀嚼《そしゃく》しながら、秀悟は質問を口にする。

「いえ、まだありません。宮田の周囲の方々に話を聞いているんですが、あまりもてるタイプではなかったみたいですね。正直、宮田についてあまりいい噂は聞きません。かなり思い込みが強く、ちょっとしたことですぐにパニックになったり、キレたりしてしまう。それに思慮が浅いところもあるなど、評判は散々です。そのせいか、ほとんど女性との噂はなかったようです。まあだからこそ、こんな大それたことをするまで思いつめてしまったのかもしれませんね」

金本の説明を聞きながら、秀悟はピエロの言動を思い出す。いま金本が口にした人物像は、たしかにあのピエロに当てはまる気がした。しかしそんな男に、あの大胆でいて複雑な計画を立てることができるのだろうか？　秀悟は混乱した頭を軽く振ると、金本を見る。

「それじゃあ、なにを根拠にその佐倉江美子が宮田の恋人だと判断したんですか？」

「ほかに該当する女性がいないんですよ」

金本はかぶりを振る。

「あのバインダーによると、手術は計十二回行われています。そしてその十二回のなかで腎臓を奪われたのが女性だったのは四例、そのうちの二人は五十代の女性でした。そして術後に亡くなっているのは佐倉江美子のケースだけです」

「別に、恋人が死んだから復讐するとは限らないじゃないですか。恋人の臓器を奪われることだって、十分に復讐の動機になりますよ。もう一人、若い女性の被害者がいるんですよね？」

「ええ、たしかに。半年ほど前に臓器を摘出された女性が、二十歳前後に見えたらしいです」

「見えたらしい？」曖昧《あいまい》な説明に、秀悟は首をひねる。

「ああ、実際の年齢が分からないんですよ。交通事故にあって意識不明の状態になり、そのまま身元不明で入院してきた患者らしいんで。もしその患者が宮田の恋人だったら、身元不明のままのわけないでしょ」

それはそうだ。秀悟はうなずきながら考える。ということはやはり、その宮田という男が佐倉江美子の復讐のためにあんな事件を起こしたということなのだろうか？　しかし、秀悟の胸にはどうにも釈然としないものが残っていた。

「……遺書はありましたか？」

秀悟は両腕を組んだまま訊ねると、金本はいぶかしげに眉をひそめた。

「遺書？　なんのことです」

「宮田の遺書ですよ。あんなとんでもない事件を起こして最後は自分の頭を撃ち抜いたなら、遺書ぐらいありそうなものじゃないですか。なんで自分がこんな事件を起こしたのか世間に知らせるために」

「……いえ、いまのところそういうものは見つかっていませんね」

金本の表情が渋くなる。

「これはあくまで俺の感覚なんですけど、あのピエロの男は死ぬつもりなんてなかった気がするんですよ。あいつはたぶん、院長たちを殺すつもりもなくて、全部の証拠を持って警察に投降するつもりだったと思うんです。だから俺には、あのピエロが院長たちを射殺したことも、そのあと自殺したことも信じられないんです」

「……たしかにもともとはそうだったのかもしれません。けれど、拳銃を奪われたことで動揺して、思わず田所たちを撃ち殺してしまい、我に返って罪の意識をおぼえて自分の頭を撃った。そういう解釈もできるんじゃないですか。宮田は激高しやすく、それでいてパニックになりやすかったということですから」

秀悟の言葉を聞いた金本は、頭を掻きながら言った。

「まあ、そういう可能性もありますけど……」

歯切れ悪くつぶやく秀悟の前で、金本は柏手《かしわで》を打つように両手を合わせる。

「なんにしろ、これまで得られた証拠から、警察内では宮田が田所と東野を射殺後、自殺したということで決着がついています。佐々木に関しては、田所か宮田のどちらかが殺したのかはっきりしませんが、それも今後の捜査で明らかになるでしょう」

「……もう、警察の中では事件は解決しているということですか？」

秀悟は露骨な皮肉を込めた口調でつぶやく。

「ええ、解決しています。……ただ一つ、先生が証言したことを除いてはね」

金本は含みのある口調で答える。

「だから、全部俺が頭を打ったせいで見た幻ってことにして、強引に幕引きしようとしているってわけですね」

「いえ、そういうわけではないんですけどね。ただ、先生は一晩で二回も気を失ったわけじゃないですか。記憶が混濁している可能性だってあるでしょ」

「たしかに俺はあの晩、二回気絶しました。それによって少しは記憶が飛んだりしているかもしれません。けれどだからって、彼女についての記憶がすべて間違っているなんてことは絶対にありません！」

秀悟が語気を強めて反論すると、金本は困り顔を作る。

「そうはおっしゃられますけどね、病院中をあれだけ捜索したのに、『川崎愛美』という女性は、影も形も見つからないじゃないですか」

「愛美、川崎愛美はどうなったんですか⁉」

昨日、搬送先の病院に刑事が事情聴取に来たとき、秀悟は摑みかからんばかりの勢いでそう刑事に詰め寄った。しかし刑事は怪訝《けげん》な表情を浮かべて言った。「誰ですか、それ？」と。

秀悟が愛美について必死に話しても、刑事たちは一貫して、そんな女性は院内にいなかったとくり返すだけだった。そして事件解決から丸二日以上経ったいまも、川崎愛美は発見されていない。

「刑事さん、俺は消火装置を作動させたとき、彼女に病院の外に逃げるように言いました。彼女が警官に気づかれないで病院から逃げ出した可能性はないんですか？」

重くなった空気の中、秀悟が訊ねると、金本はわざとらしくため息を吐いた。

「速水先生、それについては何度も説明しているでしょう。一昨日の朝、あの病院は何十人もの警官隊と、ハイエナのように目を光らしていたマスコミに包囲されていたんですよ。その中で病院から逃げ出して、気づかれないわけがないじゃないですか。ちなみにさっき説明したように、事件の解決後も病院の出入りは厳重に管理していますし、病院の中は隅々まで調べてもいます。それでも速水先生のおっしゃる女性は見つかっていません」

かすかに苛立ちを含んだ金本の声を聞きながら、秀悟は目を閉じ記憶を反芻《はんすう》する。瞼の裏に愛美の笑顔が蘇ってきた。

絹のような髪の感触、柔らかな頰の温かさ、かすかに香る薔薇《ばら》の香り、そのすべてが鮮明に蘇ってくる。

愛美が幻？　俺の脳が作り出した妄想？　そんなはずがない！

「あのピエロがコンビニを襲ったあと、女性を拉致したっていうのは間違いないんでしょ。中継で言っていましたよね。それが愛美なんですよ。それこそ愛美があの病院にいた証拠じゃないですか」

目を開けた秀悟が叫ぶように言うと、金本は痛いところを突かれたのか顔をしかめた。

「……我々は、あの情報を誤報ではないかと考えています」

「誤報!? なにを根拠にそんなことを?」

「強盗犯に女性が拉致されたという情報は、匿名の通報によって入ってきました。公衆電話からの通報で、こちらが身元を訊ねても答えずに通話を切ったらしいです。以上のことから、その通報はコンビニ強盗が出たというニュースを見て、誰かがいたずらとして通報したんじゃないかというのが捜査本部の見解です」

金本は早口で言う。

「そんな馬鹿な! こじつけもいいとこだ!」

声を荒らげた秀悟を、金本はきっと見据える。

「たしかにこじつけかもしれません。けれど仕方がないじゃないですか。先生の証言にでてくる女性が見つからないんだから。それともなんですか? その女性は本当にいたけれど、SATが突入したときに煙みたいに消えちまったって言うんですか？」

金本は苛立たしげにかぶりを振る。どこまで行っても話は平行線をたどっていた。

秀悟は必死に頭を働かせた。

愛美はどこに行ってしまったんだ？　どうして見つからないんだ？

「患者……」

秀悟の唇から小さなつぶやきが漏れる。金本は厳しい表情のまま秀悟を見ると、

「なにか言いましたか？」と訊ねてきた。

「患者ですよ。そういえば、一階の裏口は針金で封鎖されていました。もしかしたら愛美はその針金を外したり、そこから助けを呼ぶことができなかったので、エレベーターで三階か四階に行って、空いているベッドに横になっていたのかも。そうやって患者のふりをすれば、危険が少ないと思って」

秀悟は勢いよく顔をあげる。しかし、金本の反応は芳しいものではなかった。

「つまりその川崎愛美さんは、いまも患者のふりをして隠れていると？　院内を警察が制圧して安全が確保されたいまでも？　いくらなんでも、それはおかしくないですか」

もっともな指摘を受け、秀悟は言葉に詰まる。

「そもそも、一昨日の時点で病院のスタッフの立ち合いのもと、患者六十五人全員の無事と身元を確認しています。宮田の共犯者が患者のふりをして紛れ込んでいる可能性を考慮してね。けれど患者が増えていたり、入れ替わっていた事実はありませんでした」

金本にはっきりと言い切られ、秀悟は唇を嚙んだ。

「まあ、患者の確認はそれほど大変ではなかったですが、その後の処置はかなりの大事でしたよ。あんな事件があったうえ、たった一人の常勤医だった院長が亡くなったんですからね」

「患者たちはどうしたんですか？」

秀悟が訊ねると、金本は芝居じみた仕草で自分の肩を揉んだ。

「各機関と協力して、受けいれてくれる病院を探して、行き先が決まった患者から救急車で搬送しています。ただ、さすがに六十人以上となるとなかなか大変で、現場はかなり混乱していますね。ああ、なんだか愚痴っぽくなってすみません。なんにしろ、川崎愛美という女性が患者になっているということはあり得ません」

秀悟はうつむく。当然と言えば当然だが、思いつくことはすべて警察に先に調べられている。数時間働かせ続けた脳細胞はもはや限界が近かった。

「大丈夫ですか、速水先生？」

金本に声をかけられた秀悟は、ゆっくりと首を左右に振った。金本は唇の片端を軽く上げつつ、腕時計に視線を落とした。

「もう午後五時過ぎですか……。先生もお疲れのようですし、とりあえず今日はこれくらいにしておきましょうか」

「そうしていただけるとありがたいです」

秀悟は弱々しく言う。

「それじゃあ、今日はお帰りいただいて結構です。話を伺いたいことが出てきたら、申し訳ありませんがまた連絡させていただきます。先生の方でも思い出したことがありましたら、いつでも遠慮なくご連絡ください」

愛想よく言うと、金本は立ち上がり出口の扉を開けた。秀悟も立ち上がり、重い足取りでその扉をくぐろうとする。そのとき、金本が「あ、そうだ」とつぶやいた。

「なんですか？　まだなにかあるんですか？」

「実はですね、田所が宮田に手渡したっていう三千万円の入ったバッグ、それも見つかっていないんですよ。おそらく、宮田がどこかに隠したんだと思います。まあ、それに関しては今後の捜査で出てくるでしょうけど。余談でしたね。申し訳ありません」

金本が慇懃《いんぎん》に頭を下げるのを横目に、秀悟は部屋を出る。血液がすべて水銀に置き換わってしまったかのように体が重かった。

秀悟は足を止めると、振り返って背後を見る。三百メートルほど先に、さっきまで事情聴取を受けていた警察署が見えた。

これからどうしようか？　秀悟は警察署を見上げながら、緩慢な足取りで再び歩き出す。なぜか、アスファルトの歩道がマシュマロでできているかのように柔らかく感じ、足元が定まらなかった。

「どこに行ったんだよ……」

秀悟は食いしばった歯の隙間から、震える声を絞り出す。

愛美とともに過ごしたのはわずか一晩だけだった。それなのに、彼女のことがこれほどまでに愛おしくなっている。極限の状態で出会い、そして幻のように消えていった愛美。彼女はいまどこにいるのだろう？　はたして無事でいるのだろうか？

愛美に会いたかった。いや、会えなくてもいい、ただ無事でいると確認したかった。

おぼつかない足取りで進んでいくと、歩道の端に白線で囲まれた喫煙スペースが見えてきた。秀悟は吸い込まれるようにそこへと入る。ニコチンを摂取すれば、この霞《かすみ》がかかったような頭も少しはすっきりするかもしれない。

ジャケットのポケットから、煙草のパックと使い捨てライターを取り出す。煙草をくわえた秀悟は、その先に火を灯そうとする。そのとき、ポケットの中でスマートフォンが振動をはじめた。

「誰だよこんなときに……」

秀悟は煙草をくわえたままスマートフォンを取り出す。液晶画面には「小堺先輩」と表示されていた。秀悟は眉間にしわを寄せる。

この小堺の代わりに当直に行ったせいで、事件に巻き込まれることになった。小堺に責任はないのだが、どうにも複雑な気分になってしまう。

秀悟は空いている手でくわえていた煙草を取ると、「通話」のボタンに触れる。

「どうも、小堺先輩」

「おお、速水か。いまちょっといいか？　なんか大変だったみたいだな、田所病院の件」

電話から小堺のだみ声が聞こえてくる。秀悟は反射的に、顔から少しスマートフォンを離した。

「ええ、本当に大変でした」

「悪かったな、俺が当直代わってもらったせいで。それで、今日は病院には来ないのか？」

「部長に連絡して、とりあえずあと三日は休ませてもらうことになっています。怪我もしていますし、警察の事情聴取も受けないといけませんからね。ちょうどいま、聴取が終わったところなんですよ」

秀悟はあてつけるかのように、大きなため息を吐いた。

「あ、そうなのか。えっとな、速水。……警察とはどんなことを話したんだ？」

「え？　そりゃあ、事件のことについてですけど……」

質問の意図がいまいち分からなかった。

「まあ、そりゃそうだよな。えっとだな、警察は俺のことについてなにか訊いてきたりしなかったか？」

「はぁ？　なんで先輩のことを？　そんなことはなかったですよ」

「ああ、そうか。いやな、もともと俺が当直だったから、なんというか……責任があるんじゃないかとかな。まあ、それならいいんだ」

「はぁ……」支離滅裂なセリフを吐く小堺に、秀悟は曖昧な返事をする。

「それじゃあな。まあ、ゆっくり体を休めろよ。また連絡するから」

その言葉を残して通話は切れた。気の抜けた電子音を響かせるスマートフォンを眺めながら、秀悟は首をひねる。

いまいち納得がいかないまま、秀悟はスマートフォンをポケットに戻すと、再びくわえた煙草の先に火を灯し、思い切り吸い込んだ。紫煙が肺いっぱいに広がっていく。血中に溶け込んだニコチンが、血流に乗り脳へと流れ込んできた。毛羽立っていた神経がいくらか落ち着いてくる。ニコチンが精神安定剤がわりになっている自分に軽い自己嫌悪を感じながら、秀悟は金本と交わした会話を思い出していく。

煙草の長さが半分ほどになったとき、秀悟は軽い不快感を覚え、顔をしかめた。脳の表面に虫が這うような感覚、いったいこれはなんだ？

軽く頭を押さえながら、秀悟は不快感の原因を探していく。金本との会話、そのなにかがひっかかった。いったいなんだ？　なにが気になった？

次の瞬間、必死に記憶をたどっていた秀悟の脳内に閃光《せんこう》が走った。秀悟はスタンガンで撃たれたときのように体を硬直させる。口から短くなった煙草が落下した。

「……六十五人？」

半開きの口から、煙草に続いてかすれた声がこぼれ落ちる。

六十五人、金本は間違いなく「六十五人の患者全員を確認した」と言った。田所病院は四人部屋の病室が三階と四階に八部屋ずつある。つまりは入院できる患者は六十四人。六十五人というのは五階の隠し病室にいた少年を合わせた人数だろう。けれど、それはおかしい。

四階の一番奥の病室、そこに空いているベッドが一床あったはず。俺はその空きベッドのシーツを使って、佐々木の遺体を隠した。それなのに金本は六十五人の患者がいた、つまりは田所病院は満床だったと言っていた。

金本の勘違いだろうか？　ちょっと人数を言い間違えただけだろうか？　もちろんその可能性もある。ただ、もし間違いじゃなかったとしたら……。

やはり愛美はあのベッドに逃げ込み、患者のふりをしていた？　だから見つからなかった？　しかし、金本は患者一人一人を病院スタッフとともに確認したと言っていた。

秀悟はすでに日が落ちかけている天を仰ぐ。すべてにつじつまが合う説明は一つだけだった。あまりにも馬鹿げている仮説、しかしそれ以外に説明がつかない。

愛美は患者のふりをしたんじゃない。

「愛美は……もともと田所病院の患者だった？」

秀悟はつぶやくと目を閉じた。脳細胞がせわしなく情報を処理していく。もし愛美があの病院の患者だったとしたら、彼女はピエロに拉致され、田所病院に連れ込まれたのではないことになる。なら、どうして愛美とピエロはそんな嘘をついたんだ？

どんなに思考を巡らせても、納得いく答えは一つしかなかった。あまりにも絶望的な答え。秀悟は両手で顔を覆う。

「愛美が……共犯者……」

口からこぼれた絶望で飽和したうめき声は、冬の冷たい風にかき消されていった。

愛美がピエロの共犯なら、たしかに様々なことが説明がつく。あのピエロの行動はこちらの動きを察知していたかのようだったが、愛美を通してこちらの会話が漏れていたなら当然だ。そういえば、愛美の手術が終わってすぐ、田所が背後からピエロを襲おうとしたとき、ピエロはまるで背中に目がついているかのように、その不意打ちに気づいた。あのとき、田所に気づいた愛美が目で合図でも送っていたのかもしれない。

次の瞬間、秀悟の体は硬直した。恐ろしい事実に気づいて。

ずっと腑におちないことがあった。あの夜、なんで突然ピエロが透析室にいた愛美を、無理矢理一階に連れて行ったのか。ピエロが、宮田という男が恋人の復讐のために病院に押し入ったのだとしたら、あの行動は道理に合わなかった。けれど、宮田と愛美が協力関係にあったとしたら納得がいく。なにか緊急事態が起きて、人質の目が届かない場所でそれに対処しなくてはいけなくなったのだ。

緊急事態、それは何だったのか？　その答えは簡単だった。佐々木だ。

一階に連れていかれる少し前、愛美は佐々木からなにか耳打ちされた。愛美はその内容を「院長に気をつけろ」と「もう一人いる」と言っていたが、それは嘘だった。

佐々木はきっとこう言ったのだ。「あなた、この病院に入院している患者さんじゃない？」と。

「女は化粧で別人になれるんです」

愛美が楽しげに言ったセリフが耳に蘇る。愛美はかなり濃いメイクをしていた。きっとノーメイクのときは別人のように見えたのだろう。実際、田所と東野は愛美が入院患者の一人だと最後まで気づいていなかった。けれど、佐々木は気づいてしまった。気づいて、確認しに行ってしまったのだ。四階の一番奥、愛美が入院していた病室へ。

それを察した愛美は「トイレに行く」と言って宮田と連絡を取り、連れ去られたと装って宮田とともに一階へと下りた。そしてエレベーターを使って四階に行き……。

佐々木をナイフで刺した。

「はは……ははは……」

秀悟の喉の奥から、乾いた笑い声が漏れる。

俺はあのとき、愛美を助けようと必死だった。撃たれることすら覚悟していた。しかしその裏で、愛美は俺をだまし、佐々木を刺し殺していた。なんてことだ、あのときピエロと対峙していたつもりだったが、本当の道化は俺だった。

佐々木が殺されたと聞いたときの、ピエロの反応を思い出す。あのとき、ピエロは本当に驚いていたように見えた。宮田という男は愛美が佐々木を殺したことを知らなかった。たぶん、愛美が自分の病室に戻って、確認に来た佐々木を誤魔化したとでも思っていたのだろう。

そう、宮田は誰も殺す気などなかったのだろう。あの男の聞かされていた作戦はおそらくこうだった。

　愛美を連れて病院に押し入り、人質たちの行動を愛美から聞きながら院内に隠されている「秘密の手術」の資料を探す。その一方で人質として潜入した愛美は、田所たちの行動を観察し、田所が資料を持ち出さないか監視する。そして資料が見つかるか、時間切れになったところで警察に通報し、大量に集まったマスコミに向けて田所病院で行われていたことを暴露する。

　しかし、その計画は最後の部分だけ違っていた。愛美は最初から田所たちを殺すつもりだったのだ。……宮田も含めて。

　ここに至れば、秀悟が田所の手から拳銃を弾き飛ばしたあとで、なにが起こったかは明白だった。粉末に紛れた愛美は、まずスカートのポケットにでも隠し持っていた小型スタンガンで秀悟の動きを止めたあと、拳銃を拾い上げ、その拳銃で田所そして東野を射殺したのだ。きっとスタンガンは、宮田とともに一階に行った時、ナイフとともに受け取っていたのだろう。そして、予想外の事態に呆然としている宮田に近づき、そのこめかみに銃口を押し付け、引き金を引いた。

　宮田のすぐそばに拳銃を置いて自殺に見せかけた愛美は、三十万円の入ったバッグを持って階段を駆け上がり、四階の奥にある自分の病室に戻ると、メイクを落として患者の一人に戻ったのだ。

激しいめまいに襲われ、秀悟はその場で膝をつく。平衡感覚が消え去り、前後も左右も分からなくなる。無重力の空間に投げ出されたような錯覚が襲いかかってきた。

唐突に、胃から食道へと熱いものが駆け上がってくる。秀悟は体を曲げて嘔吐《おうと》する。退院してからも食欲がなく、ほとんどなにも食べていなかったため、口からは粘着質な胃液がこぼれだしただけだった。痛みにも似た苦味が口腔全体を冒していく。

胃の中身をすべて吐き出しても、嘔気《おうき》が消えることはなかった。秀悟は何度もくり返しえずく。近くを通った若い女が、生ごみを見るような視線を秀悟に向けると、足早に去っていった。

「違う、違う、ちがう、ちがうちがうちがう……」

胸の中が腐ってしまったかのような吐き気に耐えながら、秀悟は壊れたテープレコーダーのようにつぶやき続ける。

愛美が犯人のわけがない。このわけのわからない状況に混乱した脳髄が、馬鹿げた妄想を作り上げてしまっただけだ。

なにか、なにかいまの仮説を否定する事実はないのか。秀悟は両手で頭に爪を立てる。爪の先が頭皮を破り、鋭い痛みが走った。その痛みが、沸騰した頭をいくらか冷やしてくれた。

周囲の人々に奇異の視線を向けられることも気にせず、秀悟はその場に丸まり続ける。

愛美があの病院の患者だとしても、いくつかおかしな点があった。まず、宮田の復讐に愛美が手を貸す動機が分からない。そう、恋人である佐倉江美子を殺された宮田ならともかく、愛美にそこまでの田所たちに対する恨みがあるとは思えなかった。

それにもし愛美が犯人なら、きっと自分の病室の床頭台の中に、さまざまな証拠を隠しているはずだ。化粧用品、血や消火剤の付いた服、化粧を落とすためのクレンジング、そして奪い取った三千万円。それらは放っておけばそのうち見つかるだろう。もし持ち出すとしたら、大量の患者を他の病院に搬送する必要に迫られ、現場が混乱している昨日か今日ぐらいしかない。しかしたとえそれらを持って逃亡したとしても、入院患者の情報は病院に残っている。その記録から逮捕されてしまうはずだ。

「あっ！」秀悟は顔を上げる。

決定的な事実を思い出した。愛美は宮田に撃たれているのだ。もし愛美と宮田が共犯関係だったとしたら、そんなことする必要がない。

そうだ、愛美は殺人犯なんかじゃない。全部俺の妄想だ。共犯なら、左上腹部にあんな大きな傷をつけるはずが……。

そこまで考えた瞬間、思考が凍りついた。足元が崩れ落ちたかのように感じる。

「手術痕……」

秀悟は闇に覆われつつある空を眺めながら、ぽつりとつぶやいた。

すべてが分かった。すべての事実が繋がってしまった。

あまりにも残酷な形で……。

秀悟は首を反らしたまま、頭の中で組みあがった真実をなぞっていく。気持ちは不思議と落ち着いていた。

あの夜、ピエロが押し入る前に秀悟は当直室で銃声を聞いていた。あの銃声は裏口の扉を開くために撃ったときのものだと思っていた。けれど、田所病院の職員で電子ロックの番号を知っていた宮田が、わざわざ扉を撃つ必要なんてなかったはずだ。

あのとき、宮田はなにを撃ったのか。

……愛美だ。こっそりと病院から抜け出した愛美の腹を撃ったのだ。

秀悟は愛美が腹に負った傷を思い出す。左上腹部に斜めに走った銃創。その意味に気づいていれば、もっと早くこの事件の真相に気づけていたかもしれない。後悔が秀悟の胸を蝕《むしば》んでいく。

愛美は自ら望んで病院裏で腹を撃たれた。……そこにあった傷跡を消すために。

いま思えば愛美の負った銃創は、ぴったりと同じ位置にあった。腎臓を摘出する際につく手術痕と。

愛美もあの病院で行われていた「秘密の手術」の犠牲者だった。そして、その手術の痕を消すために、傷跡にそって致命傷にならないように細心の注意を払いながら、宮田に撃ってもらった。

たしかに、撃たれてから時間が経っているにしては、愛美の全身状態は良すぎた。きっと、撃たれてすぐに病院に押し入って秀悟に診《み》せたため、それほど出血はしていなかったのだろう。

撃たれることによって、愛美には二つのメリットがあった。一つは自分が憐れな拉致被害者だということを、強烈に印象付けること。そうしてもう一つは、おぞましい手術の痕を消し去ること。

実際、秀悟はできる限りの技術を使い、あの銃創を綺麗に縫い合わせた。数週間後には、傷跡はもはや注意してみなければ分からないほどになっているだろう。

田所たちが臓器を摘出していたのは、ほとんどが寝たきり、またはそれに準じた患者たちだったはず。しかし、愛美の意識ははっきりしていた。そこから導き出される結論は一つ。

あの晩、「秘密の手術」について秀悟に知られたとき、田所が口にした「術後に昏睡状態から回復した患者」。その患者こそが愛美だったのだろう。

田所の話では、昏睡状態から意識を取り戻したその患者は、記憶障害が残っていて、腹についた手術痕ももともとあったものだと信じているということだった。けれど、それは違っていたのだ。

意識を取り戻してすぐか、それとも少し時間が経ってからかは分からないが、愛美は記憶を取り戻していた。そして、田所たちに内臓を奪われたことを知ったのだ。きっとまだ愛美の意識が完全には戻っているとは思っていなかったころ、田所たちの誰かが口を滑らせでもしたのだろう。

自分の身に起こったことを知った愛美は、自分の体を弄んだ者たちに復讐するための計画を練りはじめた。最初に愛美が手を付けたのは、協力者を見つけることだった。そこで白羽の矢を立てたのが、宮田勝仁だ。田所病院の理学療法士だった宮田は、意識が戻った愛美にリハビリを施すため、頻繁に接触していたはずだ。愛美はその宮田を自分の武器を使って陥落した。その美貌と、男を惹きつける天性のオーラで。

秀悟の奥歯がぎりりと軋む。

全部嘘だった。撃たれたという傷も。庇護欲をあおる不安げな表情も。情欲を刺激する桜色に染まった頬、潤んだ瞳、そして妖しく濡れた唇も。全てが俺を思い通りに操るための餌でしかなかった。

激しい怒りが胸で燃え上がると同時に、口づけをかわしたときの愛美の唇の感触が蘇り、妖しく本能をくすぐる。

秀悟は座り込んだまま拳を握ると、思い切りアスファルトの地面にたたきつけた。しびれるような痛みが手から脳天へと走り、甘い記憶を消し去る。

秀悟は体にこもった熱を、息に溶かしながら細く吐き出していく。滞っていた思考が再び加速をはじめる。

女慣れしていなかったという宮田は、完全に愛美の奴隷と化していたのだろう。

そう、宮田の言っていた「恋人」は、佐倉江美子という女性じゃない。

愛美こそが宮田の「恋人」だった。

思い当たる節もある。連れ去られた愛美を助けようと一階に下り、鉄格子ごしにピエロと対峙したとき、愛美について必死になる俺を見て、ピエロはやけに苛ついていた。あのときは愛美を襲う邪魔をされたからだと思っていたが、なんのことはない、あの男は嫉妬していただけなのだ。

こうして宮田は献身的に愛美の復讐に手を貸した。もしかしたら宮田は、自らをヒーローのように思っていたのかもしれない。恋人のために命を懸けて、真実を世間に暴露するヒーロー。しかし実際は、彼は使い捨てのコマでしかなかった。

田所たちを射殺した愛美が近づいてきて、こめかみに銃口を当てたとき、宮田はなにを思ったのだろう？

宮田に対する同情が湧き上がる。

「川崎……愛美……」

秀悟はほとんど唇を動かすことなく、その名を口にする。もはやその名に意味などなかった。「川崎愛美」はすでに存在しない。彼女は三千万円とともに消えていった。

胸郭の中身が抜き取られたかのような虚脱感に襲われた秀悟は、あることに気づき、小さく乾いた笑い声を漏らす。

「ああ、そうか。……ヒントをくれていたのか」

痛々しいまでに自虐的な笑みを浮かべながら、愛美とともに集めた七冊のカルテの中にあった名前を思い出す。


〈川崎13〉


川崎で見つかった十三番目の身元不明入院患者。

「愛するに、美しいって書いて愛美です」

自己紹介するとき、愛美はそう名乗った。

「13」……「I　3」……「アイ　ミ」……「愛美」

あの偽名は彼女なりのユーモアだったのかもしれない。

「秘密の手術」を受けた患者のリスト、それを「新宿11」のカルテから見つけ出したのは愛美だった。あのとき、愛美は隠し持っていたリストを、さもカルテに挟まっていたかのように装ったのだろう。

愛美はなぜ、そのリストの中に自分のカルテまで含めていたのか。それくらいじゃあ見抜かれないという自信があっただろうか。それとも、それくらいのヒントをあげなくてはフェアじゃないとでも思ったのだろうか。いまとなっては、その答えを知ることはできなかった。

俺は愛美に感謝するべきなのかもしれない。月の浮かぶ夜空を見上げながら秀悟は思う。

特殊部隊の突入前、スタンガンで動けなくなった俺を彼女は撃つこともできたはずだ。けれど、彼女はそれをしなかった。俺が生きていることで、自分の正体がばれるリスクが上がるかもしれないのに。

俺を生かしておくことで、田所病院で行われた悪事を証言させようとでも思ったのか。それとも、数時間、わずか数時間だけのかりそめの関係だったが、その間にほんの少しでも情が湧いたのだろうか。

彼女の計画はまさに完璧だった。その計算しつくされた計画の中で、突然代わりの当直医としてやってきた俺の存在はイレギュラーだっただろう。本当なら……。

そこまで考えたとき、夜空を見上げていた秀悟は、目尻が裂けそうになるほどに大きく目を見開いた。全身の皮膚に鳥肌が立つ。

もともとの計画なら、本来の当直医である小堺はどうなっていたのだろうか？　秀悟はポケットからスマートフォンを出して、その液晶画面を眺める。さっきかかってきた電話で、小堺の様子はなにかおかしかった。

「医者が足りない……」

秀悟の独白が冷たい空気に溶けていく。

なんでいままで気づかなかったんだ。田所だけでは「秘密の手術」を行えない。生体腎移植は移植手術の中では比較的容易な手術だが、それでも医師一人で行えるようなものじゃない。最低でももう一人は医者が必要だ。

小堺だ。小堺が田所の「秘密の手術」に協力していた。泌尿器科医として長年経験を積んできた小堺なら、腎臓摘出術はもちろん、腎移植の経験もあったはずだ。

小堺もあの日、田所とともに殺されるはずだった。

彼女は小堺を殺すことをあきらめるだろうか？　……そんなはずがない。彼女は自分の体を切り裂き、内臓を奪った者たちを許さないだろう。

秀悟はスマートフォンの着信履歴を表示すると、その一番上の番号にカーソルを合わせ、迷うことなく発信した。しかし、何度呼び出し音が響いても回線がつながることはなかった。不吉な予感が胸を満たしていく。

秀悟はスマートフォンをポケットにねじ込み、地面を蹴った。勤務先である調布第一総合病院はここから四キロほどしか離れていない。走れば二十分ほどで着くだろう。

頬に冷気を感じながら、秀悟は走り続けた。

脳裏に、本当の名も知らぬ女性の屈託ない笑顔がはじけた。

エピローグ

駅から自宅へと向かうサラリーマンの波を縫うようにして走りながら、秀悟は駅前にある目的地へ向かって走る。前方に視線を向けると、百メートルほど先に八階建ての巨大な建物が見えた。調布第一総合病院、秀悟の勤め先だった。

あと少し、あと少しだ。運動不足気味の体で走り続けていたので、全身が悲鳴を上げはじめていた。肺は痛み、足は枷《かせ》でも付けられているかのように重い。限界まで鼓動が加速した心臓が、胸骨を裏側から叩いていた。

いまにもストライキを起こしそうな両足に鞭《むち》を入れながら、秀悟は大通りを右に折れる。次の瞬間、秀悟は足を止めた。数十メートルほど先、病院を取り囲むように停まる十台を超えるパトカーを見て。

秀悟はあえぐように呼吸をして必死に酸素を取り込みながら、ふらふらとした足取りで病院に近づいていく。

数十人の野次馬が、警察が張った規制線の外側に何重にも壁を作っていた。その多くは背広姿のサラリーマンだった。

秀悟は必死に野次馬をかき分けながら、規制線までたどり着いた。

「申し訳ありませんが、関係者以外は入れません」

規制線を越えようとすると、制服を着た警官に制止された。秀悟は尻ポケットからせわしなく財布を取り出すと、その中に入っている職員証を警官に見せる。

「この病院に勤めている医師です。担当患者が急変して呼ばれたんです。入れてください！」

「あ、それは失礼しました。どうぞ」

慌てて規制線を持ち上げる警官を尻目に、秀悟は早足で院内へ入っていく。自動扉をくぐった秀悟はそこで足を止めた。一階の外来スペース。その奥に大量の警官や、青っぽいユニフォームを着た鑑識らしき人々が集まっていた。

その場に立ち尽くしていた秀悟は、すぐそばを顔見知りの若い看護師が私服姿で歩いていることに気づいた。

「ちょ、ちょっと……」

「あ、速水先生。どうも」

秀悟に気づいた看護師は、軽く顎を引いて会釈をする。

「なんであんなに警察がいるんだよ？　なにか聞いてる？」

秀悟は声が上ずらないように気をつけながら訊《たず》ねる。

「え？　速水先生知らないんですか？　さっき大騒ぎになっていたじゃないですか」

「今日は休みをもらっていたんだ。それで、いま担当患者の状態が悪くなって呼び出されたんだよ」

「あ、そうなんですか。それがね、大変なんですよ。泌尿器科の小堺先生が刺されたんです。三、四十分前に胸を刺されて外来の隅に倒れているのが見つかって、蘇生しようとしたんですけど、……だめだったみたいです」

顔から血の気が引いていく音を秀悟は聞いた気がした。一瞬、足の力が抜けるが、奥歯を噛みしめ崩れ落ちるのを耐える。

「そうなんだ……。それは……大事だな」秀悟は喉の奥から必死に声を絞り出した。

「大丈夫ですか、速水先生。顔が真っ青ですけど……」

「ああ、……大丈夫だよ」

弱々しくつぶやく秀悟にいぶかしげな視線を送りながら、看護師は足早に病院から出ていった。殺人現場から早く離れたいのだろう。

……間に合わなかった。泥酔者のような足取りで、秀悟も病院を出る。うつむいたまま規制線の外へ出ると、野次馬の中を進んでいく。

俺は彼女を止められなかった。野次馬の壁をなんとか突破した秀悟は、電柱に寄りかかる。もはや自分の足では体重を支えられなかった。電柱に背中をつけたまずり下がっていく。その場に体育座りをするように座り込み、体を丸める秀悟の前を、足早に自宅へと向かう人々が流れていく。

これですべて終わったのだろうか？　ああ、そういえば金本が、バインダーに挟まれていた資料の一部が無くなっていたと言っていた。あれはもしかしたら、彼女が自分の臓器を移植した相手の資料だけ奪っていったのかもしれない。その人物に償いをさせるために。

そうだとしても、俺にはもはやどうしようもない。

もう……彼女に会うことはできないのだから。

ふと、誰かに声をかけられた気がした。柔らかく、それでいて妖しく心をくすぐる声。数十時間前に何度も聞いた声。

「愛美!?」

秀悟は勢いよく立ち上がると目を見開いて周囲を見回す。十メートルほど先、背広姿のサラリーマンの波の隙間に、コートに包まれた華奢《きゃしゃ》な背中が見えた。髪は肩辺りできれいに切りそろえられ、茶色に染められている。しかし、それでも秀悟は確信した。

彼女だと。

「愛美！」

秀悟は声の限り叫ぶ。周囲の人々が秀悟にいぶかしげな視線を注ぐが、そんなことは気にならなかった。

彼女は一瞬足を止めた後、すぐに再び歩き出した。ゆっくりとした足取りで。まるで秀悟が追ってくることを待っているかのように。

彼女を追おうとした。しかし、踏み出そうと持ち上げた足を秀悟はゆっくりとその場におろす。

小さな背中が人の波に消えていくのを、秀悟は立ち尽くしつつ静かに見送った。

冷たい夜風が体から、そして心から温度を奪っていく。

風に乗った薔薇の香りが、鼻先をかすめていった。

解説

法月綸太郎
（作家、評論家）

外科医の速水秀悟は先輩医師の代打で、狛江市の郊外にある田所病院の当直バイトを引き受ける。寝たきりやそれに準じる患者の多い療養型病院なので、朝まで待機するだけの楽な「寝当直」のはずだった。ところが、逃走中のコンビニ強盗が負傷した人質を拉致して病院に侵入、居合わせた院長や夜勤の看護師らとともに、院内に閉じこめられてしまう。軟禁状態に置かれた秀悟は、人質にされた女性を守るため、ピエロに扮装した強盗の隙をついて脱出を試みるが……。

『仮面病棟』の舞台となる田所病院は、かつて精神科病院だった時の名残で、刑務所のような鉄格子の窓と扉が備えつけられた薄気味悪い建物である。当直バイトの秀悟が病院の構造を知りつくしていないことや、寝たきりの患者たちを見捨てられないことなど、脱出ゲームかゾンビ・ホラーを思わせる状況だが、読み進めていくうちに、作者の狙いがはっきりと見えてくるはずだ。本書はクローズド・サークルを舞台にした、トリッキーな本格ミステリーなのである。

クローズド・サークルとは、外部との連絡が断たれた場所に複数の人間が閉じこめられ、その閉ざされた空間内で殺人（往々にして連続殺人）が発生する設定のことをいう。アガサ・クリスティー『そして誰もいなくなった』の舞台となる孤島や、綾辻行人《あやつじゆきと》氏の「館《やかた》シリーズ」でおなじみの「嵐（吹雪）の山荘」パターンが典型的な例だが、航行中の船や飛行機、「あさま山荘」のような立てこもり事案、仕組まれたデスゲーム、宇宙ステーションや呪術的結界《けっかい》が張られた異空間、等々、さまざまなバリエーションが存在する。

『仮面病棟』がその最新バージョンであることはいうまでもない。冒頭のプロローグで秀悟が無事に救出されることはわかっているけれど、彼以外の登場人物に関してはまったく予想のつかない展開が待っている。医療ミステリー好きは言うにおよばず、クリスティーや綾辻行人氏のファンなら、ぜひこの閉鎖状況の謎に挑戦してほしい。


作者の知念実希人氏は二〇一一年、『レゾン・デートル』で第四回「島田荘司《しまだそうじ》選ばらのまち福山ミステリー文学新人賞」を受賞、翌年、同作を改題した『誰がため

の刃　レゾンデートル』で作家デビューを果たした。現役の医師であり、専門的な知識を生かした医療ミステリーの書き手として、今もっとも注目を集めている新鋭である。

「福山ミステリー新人賞」は、島田荘司氏の出身地である広島県福山市が主催する地方文学賞で、二〇〇七年に創設されて以来、既成の賞とは一線を画した選考方針で、ミステリーの有力新人を次々と輩出してきた。「島田荘司選ばらのまち福山ミステリー文学新人賞の創設にあたって」と題されたコメントには「あえて『広義のミステリー小説』の公募とはうたわず、本格寄りのミステリーを求めるものとします」とあり、最終選考は島田氏ひとりに委ねられている。歴代受賞作の中でも、脳科学や現代医療をテーマにした作品が目立つのは、島田氏の提唱する「二十一世紀本格」の理念と相性がいいからだろう。

知念氏のデビュー作が評価されたポイントも、この流れにあるといっていい。島田氏は『誰がための刃』の選評で、「治療上のある纏綿《てんめん》した事情が、事件の理由として背後にしっかりと用意されてあり、この部分のリアリティと完成度に、『本格』志向者の知性を感じた。何よりもこの作者が、高度に知的な医学の蘊蓄《うんちく》を見せるたび、背後に存在する深い医学的知見に都度圧倒される思いで、単純と見える物語進行に、要所要所で知的な厚みを加える印象を持った」と述べている。

『誰がための刃』は末期癌の宣告を受け、自暴自棄になった若手外科医が正体不明の連続殺人鬼「ジャック」の共犯となりながら、たまたま助けた家出少女と心を通わすうちに人間的な誇りを取りもどしていく過程を描いた作品である。「ジャック」の正体や、少女が狙われる理由などに紛れもない「本格」志向がうかがわれるが、剣道有段者の主人公が苛酷な肉体改造の末に死地に赴くという本筋は、劇画調のハードロマンに近い。

島田氏はこうした傾向を踏まえながら、知念氏の創作の原動力として「男の美学をうたう、ヤクザ志向の暴力小説」と「暴力男子に特有の母系家庭のぬくもり憧憬」を見いだしている。「うとまれた孤児のようなこの青い妄想」という表現もあり、島田氏らしい教育的指導を含んだ言葉遣いだが、この指摘は卓見《たっけん》だと思う。二作目以降の作品でも、デビュー作から引き継いだ「暴力」と『家族』というモチーフが、「本格」志向の物語の底流にひそんでいるからである。

第二作『ブラッドライン』（二〇一三）は、医学部教授選をめぐる連続怪死事件に、「狐憑《きつねつ》き」という土俗ホラー的な要素を加味した力作で、犯人と動機の意外性を重視した正攻法の医療ミステリーになっている。タイトルに示された「血の連鎖

＝血縁」というテーマを前面に押し出しながら、手がかりの発見と推理のプロセスをしっかりと描き、「本格」志向の書き手であることをあらためて印象づけた。大がかりな物理トリックこそ用いられないけれど、一九九〇年代の御手洗潔《みたらいきよし》シリーズをアップデートしたような解決は、島田氏の評価に対する作者なりの回答と受け取れるのではないか。

その一方で、柔道経験者の主人公がチンピラを撃退する場面などに、まだデビュー作の余韻を引きずっているところがある。知念氏の最初の二作は、医療ミステリーであると同時に、体育会系ヒーロー小説という側面を持っているということだ。

医療ミステリーというジャンルをひとひねりして、作者の新境地を示したのが、第三作『優しい死神の飼い方』（二〇一三）である。古い洋館を改装したホスピスを舞台にした連作ファンタジーで、語り手は犬の姿に身をやつした死神レオ。死を目前に控えた患者たちの未練を解き放ち、彼らの魂を「我が主様」の元へ送り届けるために、レオは七年前に洋館で起こった「吸血鬼家族」殺人事件を解き明かさなければならない。「ツンデレわんこ」のレオと心優しい看護師のヒロインを軸に、孤絶していた患者たちが疑似家族的な一体感を手に入れるまでの日々を、ユーモラスな筆致で描いていく。

この作者らしいのは、「日常の謎」風の回想エピソードの積み重ねが、やがて「陸の孤島」と化したホスピスで、ヤクザと対決するクライマックスになだれ込んでいくところだろう。ただし前二作と異なり、この作品には「男の美学をうたう」ような暴力礼賛の描写は見られない。主要登場人物のほとんどが死んでしまうのに、読後感は爽やかなハートフルミステリーで、この小説で初めて知念実希人という作家を知った読者も少なくないはずである。

知念氏は続く第四作でも、新しい作風に挑戦している。頭脳明晰・博覧強記の天才女医と彼女にこき使われる男性内科医のコンビが、総合病院の「統括診断部」に持ちこまれる摩訶不思議な謎を解いていく『天久鷹央《あめくたかお》の推理カルテ』(二〇一四)は、医療系「日常の謎」連作といっていいだろう。ライトノベル風のキャラクターを導入した意欲作で、母子(いわゆる毒親《どくおや》)問題をあつかった後半の二編が強く印象に残る。「家族」というモチーフを維持しながら、男子目線の「母系家庭のぬくもり憧憬」から脱却しようとする作者の姿勢は明らかだ。

もうひとつ見過ごせないのは、雑誌に先行発表された第一話「Karte.01」で、ワトソン役の小鳥遊優《たかなしゆう》を空手の経験者に設定しているのに、二話目以降の書き下ろしエピソードでは、その能力がほとんど役に立っていないことである。男性主人公はもはや体育会系ヒーローたりえず、むしろヒロインである鷹央に守られる立場に格下げされているのだ。

ファンタジー／ライトノベル的なスタイルを経由することで、「男の美学をうたう、ヤクザ志向の暴力小説」の傾向が影をひそめ、それと反比例するように、より謎解きを重視した「本格」志向の物語が浮上してくる——本書に至るまでの知念氏の歩みを、とりあえずこのように整理することができるだろう。

というわけで、ようやく第五作『仮面病棟』にたどり着いた。

冒頭で紹介したように、本書はクローズド・サークルの本格ミステリーで、これまでの作品以上に、事件の構図をくつがえす「意外な真相」にこだわったものだ。ファンタジー／ライトノベル的な設定を取り入れた前二作よりリアリズム寄りの文体になっているけれど、舞台を病院内に限定し、アドベンチャーゲーム的なストーリーテリングを採用しているため、余計な装飾が削ぎ落とされて、謎解き小説としての切れ味がいっそう鋭くなっている。謎解きに医学的な専門知識を必要とする『天久鷹央の推理カルテ』とくらべても、よりフェアプレイに徹した本格ミステリーになっているし、クローズド・サークルという語に託された「コンセプト」をこれほど巧みに活用したプロットにはなかなかお目にかかれない。エピローグを読み終えてから、あらためて本書の構成や人物配置を振り返ると、その「コンセプト」の鮮やかさに、目を瞠《みは》らずにはいられないはずである。

医療ミステリーという観点から見ても、本書のクローズド・サークルは考え抜かれたものになっている。逃走中の強盗の立てこもりという発端は、『優しい死神の飼い方』のクライマックスで繰り広げられる籠城戦の二番煎じのようだが、身寄りのない寝たきり患者を率先して受け入れる療養型病院という場所が、フェアな謎解きの条件として必要不可欠であることを見逃してはならない。

同時にこの舞台設定は、本書を「家族」という縛りからも解放する。『優しい死神の飼い方』のホスピスが疑似家族を看取る「終《つい》の棲家《すみか》」だったのに対して、本書の舞台となる田所病院は、患者の尊厳を無視した医療ビジネスの場でしかないからだ。医療従事者たちの関係も、家族的な連帯感とはほど遠い。

さらに本書では、「暴力」的な描写も必要最小限に抑えられている。一種の監禁サスペンスだから、たびたびアクション場面が登場するけれど、これまでの作品とくらべて、その筆致はかなり控え目だし、手術シーンでも「痛い」描写を極力排しているようだ。こうした特徴は、本書が「血縁」や「暴力」ではなく、あくまでも「知恵」と「推理」が物語の主導権を握る本格ミステリーであることの証《あかし》だろう。『仮面病棟』は知念実希人という「本格」志向者の知性のあり方をスマートに表現した快作なのである。

――ところで、本書のタイトルとある登場人物の名前から、某ミステリー作家が一九九〇年に発表した某長編を連想した。作品の狙いは異なるけれど、冒頭のシチュエーションが似ているからだ。念のため、具体的な作品名は伏せておくが、ひょっとしたら知念氏は某作家へのリスペクトを示すため、意図的にそうしたのではあるまいか。いや、たとえそれが筆者の思い過ごしだとしても、クリアでエッジの立った解決と苦い読後感は、某作家の作風を継承しているように思えてならない。

本書は書き下ろしです。

本作品はフィクションであり、実在の個人・団体とはいっさい関係ありません。（編集部）

実業之日本社文庫　最新刊

五木寛之
生かされる命をみつめて〈自分を愛する〉編　五木寛之講演集
五木寛之は語る――孤独であることもわるくない。絶望状態でもユーモアを。著者が50年近くかけて聴衆に語った言葉の数々は、あなたに何をもたらすか。
い42

五木寛之
生かされる命をみつめて〈見えない風〉編　五木寛之講演集
五木寛之は語る――この世で唯ひとりの自分へ。脳、宗教、医学も、悲しみや人間の死、深刻な話も軽く語る著者のライブ感覚で読者の心が軽くなる。
い43

江上 剛
退職歓奨
人生にリタイアはない！　あなたにとって企業そして組織とは何だったのか？　五十代後半、八人の前を向く生き方――文庫オリジナル連作集。
え12

加藤実秋
さくらだもん！　警視庁窓際捜査班
桜田門＝警視庁に勤める事務員・さくらちゃんがエリート刑事が持ち込む怪事件を次々に解決！　安楽椅子探偵にニューヒロイン誕生。
か61

草凪優
悪い女
「セックスは最高だが、性格は最低」。不倫、略奪愛、修羅場を愛する女は、やがてトラブルに巻き込まれて――。究極の愛、セックスとは!?（解説・池上冬樹）
く62

実業之日本社文庫　最新刊

堂場瞬一
チームⅡ
ベストセラー駅伝小説『チーム』に待望の続編登場！　傲慢なヒーローの引退の危機に、箱根をともに走ったあの仲間たちが立ち上がる！（解説・麻木久仁子）
と1 13

鳥羽 亮
怨霊を斬る　剣客旗本奮闘記
総髪が頰まで覆う牢人。男の稲妻のような斬撃が朋友・糸川を襲う……。殺し屋たちに、非役の旗本・市之介が立ち向かう！　シリーズ第九弾。
と2 9

貫井徳郎
微笑む人
エリート銀行員が妻子を殺害。事件の真実を小説家が追うが……。理解できない犯罪の怖さを描く、ミステリーの常識を超えた衝撃作。（解説・末國善己）
ぬ1 1

宮下奈都
終わらない歌
声楽、ミュージカル。夢の遠さに惑う二十歳のふたりは、突然訪れたチャンスにどんな歌声を響かせるのか。青春群像劇『よろこびの歌』続編！（解説・成井豊）
み2 2

森村誠一
砂漠の駅《ステーション》
大都会・新宿で失踪した、スナックのママと骨董商。交錯する事件とその裏で深まる謎を牛尾刑事が追う、傑作サスペンス。（解説・細谷正充）
も1 4

実業之日本社文庫　好評既刊

実業之日本社文庫　好評既刊

田中啓文
こなもん屋うま子
たこ焼き、お好み焼き、うどん、ピザ……大阪のコテコテ&怪しいおかんが絶品「こなもん」でお悩み解決！　爆笑と涙の人情ミステリー！（解説・熊谷真菜）
た61

田中啓文
こなもん屋うま子　大阪グルメ総選挙
大阪を救うのは、たこ焼きか、串カツか。爆笑と陰謀が渦巻く市長選挙の行方は!?　大阪B級グルメミステリー、いきなり文庫！
た62

知念実希人
仮面病棟
拳銃で撃たれた女を連れて、ピエロ男が病院に籠城。怒濤のドンデン返しの連続。一気読み必至の医療サスペンス、文庫書き下ろし！（解説・法月綸太郎）
ち11

堂場瞬一
チーム　堂場瞬一スポーツ小説コレクション
〝寄せ集め〟チームは何のために走るのか。箱根駅伝「学連選抜」の激走を描ききったスポーツ小説の金字塔。（対談・中村秀昭）
と13

堂場瞬一
ヒート　堂場瞬一スポーツ小説コレクション
「マラソン世界最高記録」を渇望する男たちの熱き人間ドラマとレースの行方は――ベストセラー『チーム』のその後を描いた感動長編！（解説・池上冬樹）
と110

鳴海　章
マリアの骨　浅草機動捜査隊
浅草の夜を荒らす奴に鉄拳を！――機動捜査隊浅草日本堤分駐所のベテラン&新米刑事のコンビが連続殺人犯を追う、瞠目の新警察小説！（解説・吉野　仁）
な22

鳴海　章
刑事小町　浅草機動捜査隊
「幽霊屋敷」で見つかった死体は自殺、それとも……!?　拳銃マニアのヒロイン刑事・稲田小町が初登場。絶好調の書き下ろしシリーズ第4弾！
な25

実業之日本社文庫　好評既刊

鳴海 章
カタギ　浅草機動捜査隊
スーパー経営者殺人事件の特異な手口に、かつて対決した元ヤクザの貌が浮かんだ刑事・辰見は――大好評警察小説シリーズ第6弾！
な27

永瀬隼介
完黙
定年間近の巡査部長、左遷された元捜査一課エリート……所轄刑事のほろ苦い日々を描く連作短編。沁みる人情系警察小説！（解説・北上次郎）
な31

西村京太郎
十津川警部 西武新宿線の死角
高田馬場駅で女性刺殺、北陸本線で特急サンダーバード脱線。西本刑事の友人が犯人と目されるが……十津川警部、渾身の捜査！（解説・香山二三郎）
に18

西村京太郎
私が愛した高山本線
古い家並の飛騨高山から風の盆の八尾へ。連続殺人事件の解決のため、十津川警部の推理の旅がはじまる！長編トラベルミステリー（解説・山前 譲）
に111

西澤保彦
腕貫探偵
いまどき〝腕貫〟着用の冴えない市役所職員が、舞い込む事件の謎を次々に解明する痛快ミステリー。安楽椅子探偵に新ヒーロー誕生！（解説・間室道子）
に21

西澤保彦
腕貫探偵、残業中
窓口で市民の悩みや事件を鮮やかに解明する謎の公務員は、オフタイムも事件に見舞われて……。大好評〈腕貫探偵〉シリーズ第2弾！（解説・関口苑生）
に22

西澤保彦
小説家 森奈津子の華麗なる事件簿
〝不思議〟に満ちた数々の事件を、美人作家が優雅に解く！ 読めば誰もが過激でエレガントな彼女に夢中になる、笑撃の傑作ミステリー。
に26

実業之日本社文庫　好評既刊

東山彰良
ファミリー・レストラン
一度入ったら二度と出られない……瀟洒なレストランで殺人ゲームが始まる!? 鬼才が贈る驚愕度三ツ星のホラーサスペンス!（解説・池上冬樹）
ひ61

誉田哲也
主よ、永遠の休息を
静かな狂気に呑みこまれていく若き事件記者の彷徨。驚愕の結末。快進撃中の人気作家が描く哀切のクライム・エンターテインメント!（解説・大矢博子）
ほ11

皆川博子
薔薇忌
柴田錬三郎賞に輝いた幻想ミステリーの名作。舞台芸能に生きる男女が織りなす、妖しくも美しい謎に満ちた世界を描いた珠玉の短編集。（解説・千街晶之）
み51

水沢秋生
運び屋　一之瀬英二の事件簿
爆弾、現金、チョコレート……奇妙な届け物を手に東奔西走する「運び屋」の日常はこんなにミステリアス! 注目作家が贈るミステリー。（解説・石井千湖）
み61

森村誠一
ビジョンの条件
経理課員の轢き逃げ死、失踪、横領疑惑……。大企業の闇を暴くべく、出向社員として潜り込んだ男の運命を描く社会派ミステリー。
も12

森村誠一
月光の刺客
法の網を潜り正義のもとに戦うスナイパー、連鎖する事件に関わる政治家、事件を追う棟居刑事。三つ巴の攻防の行方は!?（解説・七尾与史）
も13

両角長彦
ブラッグ　無差別殺人株式会社
いつでも誰でも、殺します。それがわが社の方針です――。ミステリー界の新鋭が放つ型破りなクライムノベル、「いきなり文庫」で登場!（解説・香山二三郎）
も31

文日実
庫本業 ち11
社之

仮面病棟《かめんびょうとう》

2014年12月15日　初版第一刷発行
2015年12月25日　初版第十六刷発行

著　者　知念実希人《ちねんみきと》

発行者　増田義和
発行所　株式会社実業之日本社
〒104-8233　東京都中央区京橋 3-7-5 京橋スクエア
電話 [編集]03(3562)2051 [販売]03(3535)4441
ホームページ http://www.j-n.co.jp/
DTP　株式会社ラッシュ
印刷所　大日本印刷株式会社
製本所　大日本印刷株式会社

フォーマットデザイン　鈴木正道(Suzuki Design)

ISBN978-4-408-55199-9（文芸）